# 君が残した青をあつめて

夜野せせり



STARTS
スターツ出版株式会社

細い針のような雨が降っていた。

濡れた路面に、転がっていく青い傘。

十三歳の、あの日。苑子《そのこ》は死んだ。


スリップした車に撥《は》ねられた、らしい。

ひとり、学校から帰る途中で。

私は、その情景を、見たわけじゃない。

それなのに、小雨の降りしきる空を舞う苑子の細いからだを、置き去りにされて転がる彼女の傘を、その鮮やかな青を、繰り返し夢に見る。

まぶたの裏に貼りついて、離れない。

目次

# 君が残した青をあつめて

# 十三歳

# 一

『小川商店《おがわしょうてん》』、通称『オガワ』――そのまんまだけど――は、あじさい団地に続く細い上り坂の途中にある。駄菓子やカップ麺やちょっとした生活雑貨が置いてある、こぢんまりしたお店で、団地に住む小・中学生がしょっちゅうたむろしている。

始業式を終えて、学校帰り、私と苑子はオガワの店先の色あせたベンチに座ってアイスを食べていた。まだ四月だというのに、歩いていると背中が汗ばんでしまうほどの陽気だった。

「あー。またハズレだー」

半分ほど食べ進めたところで、ミルクバーの棒に「ハ」の赤文字が現れて、私はぶうたれて両足をじたばたさせた。

苑子はくすりと笑うと、

「私もハズレ。クラス替えで、一日分の幸運を使っちゃったみたい」

と言って、ミルクバーをかじった。

苑子の「ひとくち」は、私のちょうど半分ぐらいだ。食べるときもしゃべるときも、目一杯大きく口を開いているのを、見たことがない。

小リスみたいにちまちまと、アイスをかじる苑子。

「ひとりの人間の一生において与えられる、幸運の数と不運の数は、ひとしい」というのが苑子の持論だ。つまり。ラッキーなことのあとには、アンラッキーなことがある。アンラッキーなことのあとには、ラッキーなことがある。ラッキーラッキーラッキーと、ラッキーが続いたら、そのあとにはアンラッキーが続く。そんなふうにしてバランスが保たれている、らしい。だから、

「二年生になっても果歩《かほ》ちゃんと同じクラスだったのが、すごいラッキーだったから。だから、今日は、アイスがハズレるぐらいの小っちゃい不運がたくさん起こんなきゃ、釣り合わない」

なんて言って、苑子は笑う。

やわらかい風が吹いた。萌《も》え出た緑と、開いた花のにおいが混じったような、くすぐったい風。苑子の艶《つや》やかな黒髪を揺らす。

「果歩ちゃん！　溶けてる、溶けてる！」

苑子が、アーモンド型の綺麗《きれい》な目を見開いた。我に返った私の手は、溶けたアイスのしずくで、べたべただ。慌ててハンカチで拭《ぬぐ》って、残りのアイスのかけらを口に放り込んだ。舌がキンと痺《しび》れる。

「あ」

「あ」

坂道を上ってオガワに近づいてくる猫背《ねこぜ》の男子の姿が目に入って、私と苑子は揃《そろ》ってまぬけな声を漏らした。ハルだ。晴海《はるみ》。島本《しまもと》、晴海。

ハルがまとっている学生服は、真っ黒で生地もしっかりしてそうで、女子のセーラー服よりも暑苦しい。脱げばいいのにと思うけど、それすら「めんどくさい」のひと言で済ますんだろう、きっとあいつは。

「おまえらアイス食ってたの？　うまそう」

すっ、と、ハルは、ベンチにいる私たちの真ん前に立った。斜め掛けのスクバの内ポケットをごそごそして、じゃら、と、小銭を何枚か取り出す。ぱっと見、十円玉の比率が高い。

「あー。足りね。化石ガチャガチャやったらアイス買えねーや」

「ていうか、ポケットに小銭入れて持ち歩いてんの？　財布ぐらい買いなよ」

「めんどい」

「いちいち小銭探す方がよっぽど手間じゃん」

うっせーな果歩は、と、ハルはむくれた。

「ていうか、ハル、髪、はねてるよ。　気づいてる？」

後頭部の髪の一部が、ぴょこんとアンテナみたいにはねているのだ。

「何度も水で撫《な》でつけたけど、直んねーんだよ」

ハルはため息をついた。ハルの髪はさらっとしてそうに見えるけど、意外と素直に言うことを聞かないのかもしれない。触ったことなんてないから、わからないけど。

それより。ハルが現れてから、苑子がいきなり黙り込んでしまったことの方が気になる。

「苑子？　苑子ー」

となりにいる親友は、その白い肌をぽうっと桃色に染めていた。ふるふるとやわらかそうなくちびるは、わずかに開いている。

男子と話すのが苦手（というか、女子と話すのもそんなに得意じゃない）苑子だけど、ハルだけは例外。だった、んだけど。どうしたんだろう。

店の薄汚れたガラス窓の前、ベンチの真横に置かれたガチャガチャの前にハルはしゃがみ込んでいる。いつからあるのか知らないけど、年季の入ったガチャガチャ。化石シリーズ。

「あーっ！　また直角石《ちょっかくせき》だ！　三個目だし！　うー、出ないなあ、スピノサウルスの歯」

ハルが大きな声を上げた。その、なんとかサウルスの歯は、どうやらレアアイテムらしい。

「そんなに欲しいなら、ネットか何かで買ったら？」

「わかってねーなあ。ガチャガチャでコンプリートすることに意味があんだよ」

立ち上がったハルは、私に、直角石とやらの入ったカプセルを投げた。

「いる？　果歩」

「いらない」

即答。

「まあ、そう言わずに」

「もーっ……」

こんなもの、私が持ってたってどうしようもない。何時代の何の化石だか知らないけど、ぱっと見は黒っぽい石ころだし、何の興味もない私に、ダブったからやるよだなんて、迷惑でしかない。

「苑子、いる？」

カプセルを振ってみせた。苑子は、じっとそれを見て、何も答えない。

「いるわけないか。ごめんごめん」

しょうがないから私が引き取ってやろう、捨てるのは忍びないし。と、自分のスクバに押し込むと、

「あっ」

苑子が小さく声を上げた。

「何？　まさか、欲しいの？」

と、眉《まゆ》を寄せたら、苑子は、

「ううん。……何でもない」

もそもそとつぶやいて、うつむいてしまった。

へんな苑子。私は首をかしげた。


――果歩ちゃんと一緒のクラスで、ほんとに幸せ！　ずっと、ずーっと、よろしくね！

みずいろの便箋《びんせん》にしたためられた、丸っこい字がはずんでいる。

ホームルームの途中、苑子がこっそり回してきた手紙。

帰宅して、荷物を片づける手を止めて、ひとり、読み返していた。自然と頬《ほお》がゆるむ。

「私も幸せだよ、苑子」

つぶやいて、綺麗にたたんで、クッキーの缶にしまった。苑子がことあるごとによこしてくれる小さなメモや、手紙や、ふたりで撮った写真をためている。

もう、あふれそうだ。

私、沢口《さわぐち》果歩と、二宮《にのみや》苑子、そしてハルこと島本晴海の三人は、坂道を上り切ったところにある、あじさい団地に住んでいる。本当の名前は、『市営団地息吹が丘住宅《しえいだんちいぶきおかじゅうたく》』というのだけど、みんな、あじさい団地、あじさい団地と呼んでいる。由来はシンプルで、敷地にたくさんあじさいが植えられているから。もっとも、梅雨《つゆ》の時季以外は、あじさいの存在なんてすっかり忘れ去られてしまっているけど。

私と苑子は、生まれたときからこの団地に住んでいて、ハルは五歳のときに越してきた。お父さんとお母さんが離婚した後、運よく公団の抽選に当たったとかで、ハルはお母さんとふたりで、ここで新しい生活を始めたのだ。

以来、ずっと私たち三人は一緒だ。

他の同級生や仲間たちが、家を建てたり家族の仕事の都合だったり、そんな理由で団地を出ていく中、私たち三人はどこへも引っ越すことなく、ここに住み続けている。

団地は高台の中腹《ちゅうふく》にあるから見晴らしはいいけど、毎日坂道を上っていくのがしんどい。自転車で下っていくのは爽快《そうかい》だけど。

敷地には、五階建ての棟が五つ。

苑子はA棟の三〇八、私はE棟の五〇一。ハルは五〇二、私のとなりだ。エレベーターなんてついていないから、やっと坂道を上りきったと思ったら、今度は最上階まで階段を上っていかなきゃならないのがつらい。

そのかわり、眺めはいい。

小さいころから。放課後さんざん遊んで、苑子に手を振ったあと、私とハルはいつも、オレンジ色の西日に照らされながら、コンクリの階段を競い合うようにして一気に駆け上がった。そして、ふたりで、夕陽を見た。

五階の通路から、沈んでいく丸い陽が、透明なオレンジ色に染め上げられていくジオラマのような街並が、見えるのだ。

しばし見入って、そして、じゃね、またな、と、短い挨拶だけを交わして、それぞれの家へと帰っていく。

明日も、会える。そのことに何の疑いもなかった。

太陽は沈むけど、またすぐに昇る。今日と変わらぬ明日は、必ず来る。私に、ハルに、苑子に、この世に存在する、すべての子どもたちに。

私たちは、ずっと、ずーっと、一緒にいられる。

まっすぐに、純粋に。そう、信じていた。

始業式から一週間が過ぎた。

部活に入っていない私と苑子は、放課後はだらだらとつるんで、持て余した時間を無為《むい》に過ごしていた。新しいクラスメイト、新しい担任、新しい教室に、まだなじめずに足もとがふわふわ落ち着かなくて、ふたりして、ぬるい春の空気の中を漂っている。

オガワのベンチにも、団地の敷地内のベンチにも先客がいたから、私の家でまったり過ごすことになった。

うちは両親共働きで私は鍵《かぎ》っ子だから、早く帰宅したところで誰もいない。いっぽう苑子のお母さんは専業主婦。当然ながら、大人のいないフリーダムな我が家に集うことになる。

ごちゃごちゃとモノが多くてあか抜けない家で恥ずかしいけど。

同じ間取り、同じ広さなのに、苑子の家もハルの家もまったく雰囲気が違うから不思議な気持ちになる。

苑子の家は、お母さんのセンスがよくておしゃれ。ハルの家はモノが少なくてさっぱりしているけど、ベランダには花や緑があふれていて落ち着く。どちらも、うちとは大違い。

狭いリビングの、合皮《ごうひ》のソファに座って、買い込んできたお菓子とジュースをローテーブルにどさどさと置いた。

早速、ソーダをグラスに注いで、ポテトチップの袋を開ける。テレビをつけると、二年ぐらい前にそこそこヒットしたドラマの再放送が流れていた。

「ていうかさ。お金のないフリーターが、こんなに広くておしゃれな部屋に住んでるのって、おかしくない？」

私が文句を言うと、苑子は、こくこくとうなずいた。

「私も思った。絶対家賃高いよね、東京だし。服も、かわいいの着てるしね」

自分だっていつもかわいいの着てるじゃん、と思ったけど、言わなかった。そもそも苑子自身がかわいいから、何だって素敵に着こなせるのだ。私と違って。

思わず、ため息をついてしまいそうになったけど、ぐっと押し込めて、

「いいなーいいなー。こんなベッドほしいなー」

と、私は、ことさら明るい声を上げた。

ドラマの主人公が、帰宅するなり、ベッドにぼふんと倒れ込んだのだ。バイト先の気になる彼にいきなり抱きしめられて、反発しながらもキュンとしていて、振り切って家に帰って、戸惑いながらシーツをぎゅっと握りしめる、みたいなシーン。

イケメンな彼より、ときめきより、何より私は、あのベッドが羨《うらや》ましい。真っ白い清潔そうなシーツに、はずむスプリングに、ふかふかの肌掛け。

私はふたつ上のお姉ちゃんと、六畳の和室を一緒に使っている。ベッドを置くスペースなんてあるはずもなく、押し入れからしなびた布団を出して敷いて寝ている。

自分だけの部屋、欲しい。自分のベッド、欲しい。

苑子はぼうっとテレビ画面を見つめている。場面はとうに変わっている。主人公がイケメンに迫られて、ふたりの顔がだんだん近づいて、そして……。

となりに座っている苑子の喉《のど》が、こくりと音を立てた。

「わー……。はげしー……」

濃厚なキスシーンを、どうにも直視できない。こういうとき、どんなリアクションをとればいいんだろう。茶化すこともできずに、私は、うわー、と顔をわざとらしくしかめてみせたけど、苑子はずっと画面に見入ったままだ。

何だか、気まずい。

CMになった。苑子はグラスのサイダーをひと口、飲んだ。

「苑子、熱でもあるの？　なんか、顔、赤いよ」

私が苑子の顔をのぞき込むと、ううん全然平気、と彼女は少し困ったような顔をして笑う。そして、その笑みもすぐに消えた。立ち昇るサイダーの泡を見つめる苑子の、長い髪がはらりと揺れる。苑子は、白くて細い指で、その髪をすくって、耳にかける。

どうしたんだろう、苑子、何だか、とても……。

「ねえ。果歩ちゃん」

ふいに苑子がつぶやいた。

「何？」

「果歩ちゃんは、好きなひとって、いないの？」

「え？」

いきなりの問いに、私は固まった。

考えたこともない。ドラマや漫画の中の「恋愛」は、私にとって、別の世界の出来事。苑子だって、そうだと思っていた。クラスの女子たちは恋の話でキャーキャー盛り上がっているけど、私と苑子は一度だってその輪の中に加わったことはない。

「果歩ちゃん、へんだよ。好きなひといないなんて」

よく言われるけど、そうかなー、なんて言ってへらりと笑って調子を合わせながら、内心では、「ほっといてよ、余計なお世話だし」と毒づいていた。

苑子だって。

決して目立つ方じゃないけれど、苑子はかわいい顔をしている。華奢《きゃしゃ》で色白で、道ばたでけなげに咲いているすみれの花みたいだ。苑子の可憐《かれん》さに気づいている男子はけっこういるってこと、私は知ってる。親友の私に探りを入れてくるやつ、多いから。

だけど苑子は男子が苦手。小さいころ、団地の男の子にいじわるをされていたから。

好きな子をわざといじめる、っていうやつ。私とハルがいつも追い払ってた。

くだらない、あいつら苑子ちゃんのこと好きなんだよ、って言って、泣いている苑子を慰《なぐさ》めていたけど、苑子本人にはそんなこと関係ない。そりゃそうだ、ことあるごとにかからかわれたり、髪を引っ張られたり、それがたとえ「好き」の裏返しだとしても、ひどいことをされれば単純に傷つく。そしてその傷は、ずっと残っている。

だから、まさか、苑子の口から「好きなひと」なんて単語が飛び出してくるなんて想定外すぎて。

ＣＭが終わった。テレビから、甘い、切ないメロディが流れ出す。ドラマの主題歌だ。もうエンディングなんだろう。

苑子の横顔を、そっと盗み見た。

苑子には、いるんだ。私は、そう、確信した。

すみれの花が、におうように、綺麗だったから。とても。


苑子の好きなひとは誰だろう。いっこうに、苑子が私に打ち明けてくれることはなかった。ただ、頬杖《ほおづえ》をついてぼんやりして、私が話しかけても気づかなかったり、休み時間のたびにトイレに行って髪を整えたり、そんなことが増えた。

「晴海ーっ。数学の宿題見せてよーっ」

明るくてよく通る声が、まったりとあたたかい昼休みの教室に響く。

となりのクラスの杉崎亮司《すぎさきりょうじ》くんだ。バスケ部のエースで、次期キャプテンとか言われているひと。すっきり爽やかで、笑うとえくぼができて、常に注目を浴びている。

当然、すごくもてる。私はそういうのに興味はないけど、それでも、杉崎くんの八重歯《やえば》は、ちょっとかわいいかなって思わなくもない。

杉崎くんは最近、昼休みのたびにうちのクラスに来て、ハルにちょっかいを出す。ハルの席は苑子の席のとなりで、私は休み時間はいつも苑子のそばの椅子《いす》に座っておしゃべりしているから、杉崎くんたちのやり取りはばっちり目に入る。

「んだよ、またかよ。たまには自分でやってこいよ」

ハルが「しょうがねーな」と言いたげに、杉崎くんにノートを投げてよこす。

「ごめん。だってハルの答え完璧なんだもん」

杉崎くんは笑いながらハルの背中をぽんと叩く。

「ぜんっぜん勉強してなさそうなのにすげーよな？」

「勉強しなくても、数学はパズルみたいなもんだし」

「言ってみたいよ、そういうセリフ」

明るくふざけながら、杉崎くんは、苑子のことを、ちらりと見た。

ほんの、一瞬。

だけど、その〝一瞬〟が、何度も何度も訪れるのだ。

恋愛方面に疎《うと》い私でも、さすがに気づく。杉崎くんは、苑子に会いたくて、ハルのところに来るのだ、と。それぐらい、杉崎くんの〝視線攻撃〟はあからさまで、苑子はどうなんだろう、と、こっそり親友を観察してみれば、赤い顔をして、どうにも居心地が悪そうに縮こまっている。

杉崎くんなのかな、と思った。そのときは。苑子の、想いの矢印の、先にあるひと。

その日の帰り道、聞き出そうと思っていた。だけどきっかけがつかめないまま、いつものようにオガワでお菓子とジュースを買い、嫌味な数学教師の悪口を言いながら、長い坂道を上った。

団地の敷地内の小道を歩く。

道路側はけやきの並木、駐輪場、反対側の道沿いにはあじさいがずらりと植え込まれ、その葉をこんもりと茂らせている。その奥にA棟がある。敷地に勾配《こうばい》があるから、A棟の奥にB棟、C棟、D棟、E棟……、と、段々畑のように連なって見える。奥の棟へ行く小道にも、ゆるやかな傾斜がついている。

案内板の脇にも、あじさい。

敷地内には、遊具のある小さな公園があって。その公園と集会所の間に、藤棚がある。その下のベンチは、今日は空いている。ラッキー。今、ちょうど花盛りだから、ここは、いつも誰か――お年寄りとか、公園で子どもを遊ばせている若いママたちとか――に、占領されているのだ。

うすむらさき色の藤の花が、風を受けてはらはら散っている。

苑子と私はとなり合って座り、さっき買ったジュースのペットボトルを開けた。

ひと口、飲んでから。私は切り出した。

「ずっと気になってたんだけど、苑子の好きなひとって、す」

杉崎くん、の、す、まで言ったところで、苑子はふっと立ち上がった。その視線の先をたどれば、うすい背中を丸めて駆けてくるハルがいた。

「なーんだ。ハルか。あいつもヒマだよね」

ハルは一応生物部に所属してるはずなんだけど、ちっとも活動している気配はない。というか、生物部自体、何をしている部なのか、いまいち謎《なぞ》だ。

藤棚にたどり着いたハルは息をはずませて、じゃーん、と、ガチャガチャのカプセルを私たちに見せつけた。

「まさか、ついに出たの？　恐竜の歯」

「残念ながら」

ハルは首を振って、それから、にんまり笑った。

「だけど、いいのが出た。おまえらもテンション上がると思う」

カプセルの中身は、琥珀《こはく》だった。

「わあっ……」

これって本物なんだろうか。ハルから受け取った石のかけらを、ためつすがめつ眺める。透明で、黄味がかったうす茶色で、陽に透かすときらきら光った。この前もらった直角石とは大違い。宝石の輝きだ。

「何かいる。虫？」

苑子がつぶやく。氷砂糖ほどのかけらの真ん中に、小さな小さな、こげ茶色の粒が見える。

「多分ね。めちゃくちゃラッキーだよ。虫入りの琥珀なんて」

ハルが得意げに鼻をふくらませた。本当に？　小さすぎてわかりづらいけど、言われてみれば、羽のようなものがついているような気が、しなくもない。

「ヤダ。虫とか」

「バカだな果歩は。すげーんだぞ。琥珀っつーのは樹脂《じゅし》の化石なんだけど、その中に生き物が閉じ込められて、当時の姿のまま、綺麗に保存されてんだよ。奇跡だろそれって」

「当時っていつよ」

「さあ……。数百万年とか、数千万年とか、それぐらい前じゃね？」

すうせん、まん。

苑子の小さなつぶやきが風に揺れた。藤の花房《はなぶさ》が、私たちの頭上で、さやさや音をたてる。

数千万年だなんて途方もなく長い時間、むしろ永遠にひとしい。

私たちは、そっと、琥珀をハルの手のひらの中へ戻した。

大昔、空を飛んでいた小さな虫。何の因果《いんが》で、この時代の、日本の冴えない地方都市の、しかも中心部からはずれた山手の町に住む、男子中学生のもとへたどり着いたんだろう。そう思うとおかしくなって、少し笑った。ハルもつられて、ちょっとだけ笑った。

苑子は笑わなかった。

「ちょっと、怖くなるときって、ない？　そういうの」

かわりに、そう言った。

「そういうのって？」

「数万年前とか、数億年前とか、地球が始まる前とか、宇宙が始まる前とか、そういう話」

「わかる」

ハルの声は、低くて、普段よりずっしり重く響いた。ハルが苑子のとなりに腰掛けると、苑子は一瞬、びくっとからだを震わせて、そして、すぐに気を取り直したように、続けた。

「あのね。私。本当は、弟がいたんだって」

あまりに唐突な告白に、面食らってしまう。

「どういうこと？」

「ふたごだったらしいんだ。でも、弟の方はおなかの中で死んでしまって、私だけが無事に生まれてきたらしいの」

「それじゃあ……」

苑子のお母さんは、苑子と、すでに死んでしまった赤ちゃんと、両方を産んだってこと？

苑子はうなずく。長い黒髪がさらりと揺れる。

「お母さんのおなかの中で、ずっと一緒にいたはずの弟が死んじゃって、生まれてこなかった弟はどこに行っちゃったんだろうって、ずっと不思議で」

はじめて聞いた。苑子が生まれたとき、苑子のお母さんは、喜びと、そして、悲しみを、同時に味わったんだ。

私には、とても、想像できない。

「誕生日が来るたびに、弟のことを考えるんだ、私。多分、お母さんも、お父さんも、そうだと思う」

四月の午後の陽は、やわらかく傾き始めている。藤の花のにおいが、急に、濃く深くなったように感じて。訪れた沈黙が、怖くなってしまって、

「でも、その話と、宇宙の始まりとか、そういうのが怖いって話。どうつながるの？」

私はつとめて明るい声を出した。苑子は少し考えて、首を横に振った。

「うまく説明できない。でも……」

「俺はわかるな」

言い淀《よど》んだ苑子の言葉を継ぐように、ハルが言った。それまでずっと黙って、私たちの会話を聞いていたハル。苑子は顔を上げてハルを見つめた。

「わかる。つながってる」

妙にきっぱりと言い放つハルに、苑子はほっと表情をゆるめた。

「私は、わかんない。ふたりが何を言ってるのか」

拗《す》ねているみたいな言い方になる。苑子の一番深いところを理解できるのは、私じゃなくてハルなんだ。咄嗟《とっさ》に、そう思ってしまったから。

それよりさ、と、ハルは続ける。私の子どもっぽいやきもちは、「それより」のひと言で、簡単に片づけられてしまった。

「明日、新月《しんげつ》だろ？」

「だから何？　ていうか知らないし」

ばかハル。

「夜。月見神社《つきみじんじゃ》、行ってみない？」

「はあ？」

突拍子もない提案に、私は眉をひそめた。

団地近くの息吹《いぶき》が丘公園《おかこうえん》の裏手に、鬱蒼《うっそう》とした森があって、木々の間を裂くように長い石段が続き、上りきったところに社《やしろ》がある。そこが月見神社。

社の、さらに奥に進めば、清い水が湧く小さな泉があって、ほたる池《いけ》、と呼ばれている。ほたるが飛ぶなんて話は聞いたことないけど、昔はいたのかもしれない。

「ほたる池が、あっちの世界とつながってるらしいって噂。知らない？」

ハルが声をひそめた。その目が、好奇心でらんらんと輝いてる。

「あっちの世界って、あの世ってこと？」

ハルはゆっくりとうなずいた。ばかばかしい。

「ほんと好きだよね、ハルって。うさんくさい都市伝説とか、そのテの話」

小さいころは、よくひとりでUFO探してたっけ。

神社の噂に関しては、私も、ちらっと聞いたことはある。

新月の夜。午前零時ちょうどに、「あっちの世界」とのチャンネルがつながって、死者を呼び出すことができる、とか何とか。月見神社は、神主《かんぬし》さんもいない、参拝《さんぱい》するひともほとんどいない、ただ古いだけの小さな神社で、だからこそ、こういう怪しげな噂が、あぶくのように現れるのだと思う。

「まさかとは思うけど、信じてんの？」

ハルは首を横に振った。

「さすがに、まるきり信じてるわけじゃねーけど」

「真夜中でしょ？　怖くない？」

「大丈夫だって。いざとなれば俺が守るし」

ハルはそう言って、黙り込んでいる苑子に、にっ、と、笑いかけてみせた。

「なーにが『俺が守る』よ。あんたがいるから不安なんでしょ」

「どういうイミだよ、それ」

とはいえ、小さいころ、苑子が男子に追い回されていたのをハルがいつもかばっていたことはしっかり記憶に焼きついている。でも。「俺が守る」とか、そんなセリフを無邪気《むじゃき》に言い放たれると、どうにもこそばゆい。

「……私、行ってみたい」

かぼそい声が、そう、つぶやいた。苑子だ。

「え？」

「行きたい。弟に、会いたい」

今度は、きっぱりと。芯のある声で、苑子はそう言った。

「でも。単なる噂だし、絶対会えるってわけじゃ……」

というか、会えるわけがない。

なのに、渋る私の手を、苑子はつかんだ。その頬が、ばら色に染まっている。

「会えないかもしれないけど。行ってみようよ、三人で。真夜中だよ？　こっそり、団地を抜け出して、森の中に行くんだよ？」

「だろ？　面白そうだよな。そうこなくちゃ」

言い出しっぺのハルが、待ってましたとばかりに、乗っかった。私はため息をついた。

しょうがないな、という態度をとってみせたけど。

ほんとは、私も。少し、胸の奥が騒ぎ始めていた。

二

月のない夜。日付の変わる三十分前に、集会所の前に集合。

私の家族は、みんな早く寝てしまう。だから、自分も寝たふりをして、頃合いを見計らって、家族を起こさないようにこっそり抜け出せばよかった。

そっとドアを閉めて鍵をかける。となりのハルの家は、まだ明かりがついている。

階段を降りる自分の足音が、いやに大きく響く。このあたりでも、不審者が出たという話をときおり聞くから、うちの親もナーバスになっていて、夜にひとりで出かけるのなんて、たとえ近所であっても許してくれない。

ドキドキしていた。

昼間はあんなにあたたかかったのに、深夜の空気はひんやりしている。芽吹いた緑のにおいも、花のにおいも、昼間より濃い気がする。夜の間に植物も成長するんだろうか。しっとりと濡れたような闇《やみ》の中、外灯の光が滲《にじ》んでいるように見える。

集会所のまわりにも、取り囲むように、あじさいが植えられている。

外灯に照らされて光る若いあじさいの葉っぱたちにうずもれるようにして、小さな影がしゃがみ込んでいる。

影が立ち上がる。苑子だ。私を見つけて、大きく手を振った。

「びっくりしたー。何で苑子、座り込んで気配消してんの」

小さいころ、かくれんぼをしたときのことを思い出した。茂みに隠れて息をひそめていた苑子。

「気配消えてた？　ごめん。私ひとりだけ早く来すぎちゃったみたいで、ちょっと心細かったんだ」

「それで隠れてたの？」

隠れてどうすんの、と思ったけど、言わなかった。ちょっと気持ちがわかる気もしたから。大人に見つかったら叱られて連れ戻されるだろうし、団地に、よからぬことを企むよからぬ輩《やから》が忍び込んで狙っていないとも限らない。それに。

もっと得体のしれない何かが、闇の中から手を伸ばしているような。その手につかまって、どこか知らない世界へ引き込まれてしまうような。そんな、漠然《ばくぜん》とした不安。

苑子のやわらかな手を、ぎゅっと握った。苑子も握り返してくる。

苑子の弟には会えないだろうという気持ちに、変わりはなかった。だけど。

弟のかわりに、私がいる。苑子と、ほんとのきょうだいみたいに、寄り添って一緒にいる。ずっとずっと、これまでも、これからも。

と、E棟の方から、のっそりのったりと、ハルが歩いてくるのが見えた。羽織《はお》ったパーカのポケットに両手をつっ込んで、うすい背中を丸めて。

「遅刻のくせにちっとも急がないとこがむかつく」

言ってやったら、苑子がくすくすと笑った。

団地の敷地を出て、神社近くの息吹が丘公園へ向かう。

前を行くハルのパーカの裾《すそ》をちょんと引っ張る。

「なんだよ」

「千尋《ちひろ》さん、今日、夜勤だったの？」

いや、とハルは首を横に振る。ハルのお母さんの千尋さんは看護師をしていて、夜勤に入ることもあるのだ。

「じゃ、何て言って出てきたの？」

「べつに。ちょっと外で星の観察してくるって言って、普通に出てきた」

「それで、許してくれたの？　こんな時間に？」

「あんま遠くに行くなとは言われたけど」

「ふうん」

やっぱり男子だからなんだろうか。星の観察だから大目に見てくれたんだろうか。ともあれ、うちでは絶対にありえない。

息吹が丘公園には、遊具がない。ただ広いだけの空間にベンチがぽつぽつあるだけ。だからなのか、小さい子どもはあまり来ない。朝方は、お年寄りがゲートボールをして、昼間には中高生がサッカーや野球をして、ときどき、夏祭りとかのイベントに使われることもある、そんな場所。

三人、言葉少なに、公園をつっきって歩いていく。先頭を進むハルが懐中電灯《かいちゅう》を持っていて、そのかぼそい光はふらふらと揺れる。

神社のある森と、公園の境目は曖昧《あいまい》だ。フェンス等の仕切りは何もない。木々の間をくぐっていけば、すぐに小さな鳥居《とりい》があり、古い石段が現れる。

転ばないように、ゆっくりと、一段一段確かめながら上っていく。ハルはときどき振り返って私たちに声を掛ける。

闇は深い。黒のフィルターを、もう一枚重ねたみたいに、森は暗くて、でも、木々たちがひっそりと呼吸をしているような、眠っている生き物たちがひそんでいるような気配が、肌に刺さるような気がして。

葉擦《はず》れの音がする。

ここの空気を、昼間ならむしろ清々《すがすが》しく感じるのに、今は、少し。

「きゃっ」

いきなり足を踏みはずしそうになって、小さく声を上げてしまった。

「大丈夫か？」

ハルがすぐに私のそばまで戻ってきた。

「大丈夫。かろうじて踏みとどまったから」

「俺につかまるか？」

遠慮がちに、ハルが私に手を差し出す。ハルに？　つかまる？　私が？

「自分ひとりで歩けるから大丈夫！」

つっけんどんに言い返した。だって、ハルと手なんてつなげるわけないじゃん。

「ほんと、意地っ張りだよな、果歩は」

「どういうイミ？」

やいのやいの、言い合っている間に石段を上りきった。しっとり湿った土を踏みしめて歩く。苑子は私の腕に自分の手を添わせた。

「ごめん。果歩ちゃん」

苑子の手はわずかに震えている。

「怖いの？　苑子、大丈夫？　私たち、苑子の弟に会いに来たんだよ？　それってつまり」

幽霊を呼び出すってことじゃん？　と、諭《さと》すように続けたら、苑子は、

「それとこれとは話がべつだよ。夜の神社だよ？　背筋、寒くなるじゃん」

と、頬をふくらませた。私はため息をついた。

そりゃ、私だってそうだけど。正直、いい気分はしないけど。でも。

苑子は、本当に、こういうシチュエーションで、「怖い」と言ってすがりつくようなしぐさが似合う子だ。だけど私はそうじゃない。

「怖いなら、帰る？」

ハルが、いたわるように言った。苑子は私にしがみついたまま、ぶんぶんと首を横に振る。こう見えて、一度決めたことはくつがえさない。苑子は案外頑固なのだ。

「ハルくんが、守ってくれるんでしょ？」

苑子のセリフに、ハルは、ふっと、やわらかな笑みを浮かべた。

「じゃ、進むけど。無理すんなよ」

ハルは優しい。ハルだけじゃない、うちのお母さんも、ハルんちのお母さんも、団地の大人たちも、みんな苑子に優しい。

苑子は、まわりのひとに、いじわるをされるか、優しくされるか、そのどっちかで、間がない。

私は、どうなんだろう。

こぢんまりした社殿《しゃでん》をすり抜けて奥へ進むと、大きな大きな楠《くすのき》がある。この先には石段はなく、長年、ひとに踏み固められてできた、細い道があるだけ。ところどころ張り出した木の根っこにつまずかないように、ゆっくり下っていくと、ふいに木々が途切れて水の音が近づく。

小さな池だ。

かすかな星明かりの下でも、池の水が澄んでいることはわかる。湧き出した水が土をけずって細い川になり、ちょろちょろと流れ出している。そのそばには、水神《すいじん》さまを祀《まつ》る小さな社。

三人並んで、柏手《かしわで》を打ってお参りすると、することがなくなってしまった。午前零時を待つだけ、だ。

ポシェットからスマホを出して時間を確認する。二十三時五十七分。液晶画面の放つ青白い光が、なんだかこの雰囲気に似つかわしくないような気がして、すぐにしまった。

私のとなりには苑子。そのとなりには、ハル。苑子をサンドイッチするようなかたちで、身を寄せ合ってそのときを待っている。

誰も、何もしゃべらない。もう、薄闇《うすやみ》にも目が慣れている。清水《しみず》の流れる音、泉を抱くような森、かみさまの社。噂なんか信じてなかったはずなのに、いつの間にか、本当に「あっちの世界」から何かがやってきても不思議じゃないような気がしていた。

雰囲気に、飲まれていたのだ。

ハルも、苑子も、そうなんだろう。つないだままの苑子の手は、汗でしっとりと湿っている。互いの息遣いだけが、この、かみさまの泉のほとりで、響いている。

ぬるい風が吹く。ざあっと、神社の森の木々が、一斉に梢《こずえ》を揺らした。

静寂《せいじゃく》が、破られた。

きっと、もう、三分経ったのだ。いま、ちょうど、午前零時なのだ。確認したくても、スマホをもう一度取り出す気にはならなかった。ただ、かたずを飲んで、さざなみの立つ水面を見つめている。

あの波紋《はもん》の真ん中から、きっと。会いたいひとが、現れる。私たち三人は、確信していた。もうすっかり、信じ切っていた。

だけど。すぐに波は消え、もとの、鏡のようなつるりとした水面に戻ってしまった。

「もう一度願ったら、風が吹くかもしれない」

ハルがつぶやいた。三人、目を閉じて祈る。

単なる好奇心でここまで来た。弟に会いたいという、苑子自身の思いさえも、きっと、もっと、雲のようにふんわりしたものでしかなかったと思う。

なのに、気づいたら、必死で願っていた。ドキドキしていた。

そっと目を開ける。どれくらい時間が過ぎたのだろう。

感覚がない。わからない。だけど、何も現れないし、何も聞こえないし、何の気配も感じない。

となりにいる苑子は、まっすぐに水面を見つめ続けている。ハルに視線をやれば、あきらめたように、首を横に振った。

目が覚めた。どうかしていた。いくら何でも、死者を呼び出せるわけがない。

すうっと、熱が引いていく。

「苑子。苑子、帰ろう」

ささやくと、苑子は、我に返ったように、びくっとからだを震わせた。

「帰ろう。悪いけど、うちの母さん、相当怒ってる」

ハルがスマホを掲げてみせた。

「めっちゃメッセージ来てる。近くにいるから大丈夫だって返信したんだけどさ」

「電話しなよ」

「ん。おまえらも早く帰らないとやばいな」

「うちはみんな爆睡《ばくすい》してるからばれてないと思うけど」

私とハルがぶつぶつ言い合っているそばで、苑子は、ひと言も発せず、惚《ほう》けたような顔をしている。

「苑子ー。苑子、帰るよ」

残念だったけど、と、いたわるように彼女の肩を叩いたら、苑子はゆっくりと首を横に振って、つぶやくように、言った。

「ほたるが、飛んでた」

「え?」

まさか。いくら初夏のような陽気が続いていたとはいえ、まだ四月だ。いくらなんでも、ほたるがいるわけがない。

「本当だよ。ほら」

苑子が指差す方、池の脇の茂みに目を凝《こ》らす。

「あっ」

ハルが声を上げた。あっ、と、私の口からも、まぬけな声が漏れ出る。

光がある。青白い、かぼそい光が、ゆっくりと瞬《またた》いている。

ほたるの光は、点滅しながらふわりと飛び上がった。ゆらゆらと水面の方へ。

「一匹だけ……?」

苑子のつぶやきに反応したかのように、池のほとりに、光の粒が現れた。

ふたつ、みっつ……、たくさん、いる。無数のほたるが、ふわふわと飛び交いながら水面を照らす。苑子の瞳にもその光は映って、ふっと消えて、またともる。

星のように、ゆっくりと瞬く青白い光。

信じられない。

言葉も忘れて見入っていた。美しかった。ほたるたちも、……苑子も。

やがて苑子が、「帰ろう」と静かに言って。私とハルは、うなずいた。

結局。苑子の弟の魂《たましい》が戻ってきたのかどうかは、あやふやなままだ。

ただ、飛び交うほたるの光の残像《ざんぞう》がいつまでも消えない。

木々に囲まれた、道なき道を上っていく。ハルが先頭に立って、懐中電灯で帰り道を照らす。ハルの背中が目の前にある。私は、真ん中。苑子の手を引きながら進む。

「会いたかったっていうか。知りたかったの。教えてほしかったんだ」

苑子がおもむろにつぶやく。

「私の弟、今、どこにいるのって。そもそも、どこから来たの、って。ふたごだったってことは、同じ場所からやってきたんだと思うの、私たちは」

「俺も考えるよ、そういうこと。死んだらどうなるんだろうって考えたら怖くなって。絶対終わるし、俺って存在。俺が消えたら世界も消えるのかな、とか。だけど俺が生まれる前にも世界はあって。宇宙はあって。でも、そもそも宇宙の始まる前は無だって言うじゃん。それって何なんだ、って。どんどん、わかんねーことが、広がってくの」

ハルはいつもより妙におしゃべりだ。後ろを振り返らず、ずんずんと進みながら、うまく言えねー、わかる？　この感じ、と、じれったそうに言う。

わかるよと苑子が答えた。

考えても考えても、答えの出ないこと。なのに、とらわれてしまう。

神社まで戻ってきた。大きな楠の梢が揺れる。ちっぽけな私たちのことを笑っているみたいだ。三人、立ち止まって、夜風に吹かれる。

「ハルくんも、果歩ちゃんも。何も感じなかった？」

ふいに、苑子がつぶやく。

「何、を？」

「ほたるの声。聞こえなかった？」

私とハルは顔を見合わせた。

急に不安になって、心もとなくなって、苑子の腕をつかむ。苑子は笑った。

「ごめん。何でもない。私も、何も聞こえなかったよ」

急ごう。明日も学校だしね。と、苑子はことさらに明るい声を出す。それがやけに引っ掛かった。だけど、私もハルも、それ以上追及することはしなかった。

森を抜けて。公園を横切って。私たちの住む団地へ。日常のある場所へ。

A棟の下で苑子に手を振る。ハルは大きなあくびをした。

「明日起きれるの?」

ただでさえ、朝が苦手なハルだ。家を出るタイミングが私よりずいぶん遅いみたいで、となり同士なのに、中学生になってからは一度も、朝、かち合ったことはない。

「休みたい……」

「休んだら、サボりだって先生に言いつけてやるからね」

ハルがむっとふくれて、私を小突いた。

「晴海」

低い声が響く。びくっと震えて、声のする方を見やると、E棟の階段のそばに、千尋さん——ハルのお母さんがいた。私は反射的に、ハルの背中の後ろに隠れた。やばい。

「不良息子。どこ行ってたの？　小川商店のあたり、探してみたけどいないし」

千尋さんはボーダーの長Tシャツにゆるっとしたグレーのズボン。肩まである茶色がかった髪は、下ろしている。完全に寝る恰好《かっこう》だけど、それでも綺麗だ。何歳なのかは知らないけど、うちのお母さんよりかなり若いんだと思う。肌のハリが違う。まったく「おばさん」という感じがしなくて、小さいころから、私も苑子も、「千尋さん」と、自分の親が呼ぶのと同じ呼び方をしている。千尋さんはそんな私たちを面白がっていた。

いつもにこにこ優しいひとだけど、さすがに今は、全身から怒りのオーラが出ている。迫力たっぷり。

ハルが以前、こっそり、「母さん元ヤンなんだよ」と教えてくれたことを思い出した。

「近くにいるって返信したろ？」

ハルの声に棘《とげ》が生えている。反抗期ってやつだろうか。バトルの予感しかしない。

千尋さんは大きくため息をついた。

「こんな時間に女の子を連れ回すなんて、聞いてない。考えられない」

やばい。私は縮こまった。

「隠れないで出ておいで、果歩ちゃん」

おびえている子猫に掛けるみたいな、やわらかい声。私は小さく小さく身をすくめて、はい、と返事をした。自分の声が、かすれている。

「あのね、晴海。果歩ちゃん。何も、こんな時間にこそこそ会わなくたって、私も果歩ちゃんのお母さんも反対はしないよ？　むしろ応援する」

「えっ……」

ちょっと待って。何か、勘違いしてる？

「私たち、べつにそんなんじゃ」

「いいから」

千尋さんは私の言葉をさえぎった。

「ふたりとも。とくに、晴海。お互い、本当に好きなら、自分にストップをかけなきゃいけない。何のこと言ってるかわかる？　あなたたちは、まだ中学生。子どもなんだからね。夜中にふたりきりは、だめ」

「ちょっと待って。違います、ほんとにそんなんじゃないですから」

す、好きとか。お互い好き、とか。冗談じゃないし。

千尋さんは、ふっ、と、優しい笑みを浮かべて、私の頭に手のひらを置いた。そして、ぽんぽん、と撫でた。

「恋っていうのはね。ゆっくり、じっくりと、あたためていくものよ。急がないで。

晴海には、果歩ちゃんを大事にするように、たーっぷり言い聞かせておくから」

「あ、あの」

どうしよう。完全に、誤解されてる。こんな時間にふたりでいるところを見られたら無理もないかもしれないけど、じゃあ何をしてたんだって言われたら説明できないけど。でも。恋だなんて。やめてほしい。顔がかあっと熱くなって、頭がくらくらしてきた。

「自分は失敗したくせに、よく言うよ」

ハルが、吐き捨てるように言って、私はすっと冷めた。水をかけられたみたいに、一気に、冷えた。

「晴海」

「俺と果歩がつき合うわけないじゃん。ありえないから。な?」

ハルが私の目を見る。ありえない。あたり前だ。私だって、いつか誰かに恋をする日が来るかもしれないけど、ハルだけはありえない。

強く。強く、うなずく。

「ずーっとずーっとオトモダチです。私たちは」

ハルから、ふいっと顔をそらす。

「意地っ張り」

千尋さんがつぶやいた。どこか、からかうような、面白がるような響きでもって。何となく居心地が悪い。だけど、もう、怒ってはいないみたいだ。

ずっとオトモダチ。

私はハルを好きになることはない。

音を立てないように気を遣いながら鍵を開け、忍び込むようにして自分の部屋へ戻る。お姉ちゃんが掛布団を蹴飛ばしてすうすう眠りこけている。着がえて、となりの布団へ滑り込む。

からだは疲れているのに、頭の芯が冴えて、眠れない。目を閉じて寝返りを何度もうつけれど眠れない。いろいろなことがまぶたの裏に浮かんでは消えた。ほたるの光のように。

そうしているうちに、やがて、闇がうすくなり、空が白み始めた。

夜は去り、朝が来たのだ。

## 三

バスケ部の杉崎くんは、毎日毎日飽きもせず、ハルのところへ遊びにくる。毎日毎日飽きもせず、苑子に熱のこもった視線を投げる。

苑子はうつむいて、ノートにひたすら英単語の書き取りをしている。五時間目の英語の小テストのためだろうけど、私と違って、苑子は、そんなにがむしゃらにならなくたって、難なく高得点をとれる子なのに。

やっぱり、恥ずかしくて杉崎くんと目を合わせたくないんだろうな、と思った。そばにいるだけの私ですら赤面しそうだもん。奥手な苑子なら、なおさら。

この先、苑子はどうするんだろう？　この調子で、杉崎くんとつき合ったりできるんだろうか。

そんなことを考えていたら。杉崎くんとふざけ合っているハルが、一瞬、苑子に視線をやった。そして、書き取りに集中している苑子の様子を見て、ほっと表情をゆるめた。

ハル。杉崎くんと一緒にいても、無邪気《むじゃき》にふるまっていたから、何も気づいていないのかなって思ってたけど。

私は咄嗟に顔をそらした。開けっ放しの窓から吹き込む風を受けてカーテンがふくらむのを、ただ、じっと見つめる。

「果歩。ちょっと、いい？」

肩を叩かれて、思わずからだがはねた。

振り返ると、野村真紀《のむらまき》がいた。うちのクラスで、一番目立つグループにいる子。小学校は違うけど、一年のときは同じクラスだった。ナチュラルに、華やかなポジションに立つことができる子だ。敵に回したらめんどくさいという噂があるから、今まで、つとめてにこやかに、つかず離れずの距離を保ってきた。

「何?」

にっこりと、笑顔を浮かべる。真紀のことは嫌いじゃないけど、好きでもない。カテゴリーの違う子、という認識。制服の着こなしもあか抜けてるし、髪もさらさらで、多分ストレートパーマをかけてるんだと思う。うちだったら、「そんなことに使うお金はない」とか言って許してくれない、絶対。

真紀は、口の端を曲げて意味ありげに笑うと、私の制服のひじのあたりをちょんとつまんだ。立ち上がって、苑子に手を合わせて、「ごめん」と口パクで伝える。

真紀は私の袖をつまんだまま、廊下に連れ出した。

廊下の窓も開かれている。さらりとした風にのって、萌え出たばかりの緑のにおいが運ばれてくる。

「もうすぐ五月だねえ……」

目を細めて、わざと、おっとりとした口調で言ってみる。真紀はいつもよりピリピリした雰囲気で、うかつに触れると感電してしまいそうだ。

「そうだね」

「好きだなあ、五月」

「それより果歩」

真紀はじれったそうだ。速攻で本題に切り込むつもりなんだろう。

「二宮さんから何か聞いてる？」

「何かって？」

どうやら、苑子の話、らしい。とすると、おそらく。

「何か、って。その、リョウくんのこと」

「杉崎亮司くん？」

やっぱりそうか。心の中でため息をつく。めんどくさいことになった。

「そう。ぶっちゃけ、つき合ってるの？　あのふたり」

私は首を横に振った。真紀はあからさまにほっとしている。

「真紀ちゃんって、まさか、杉崎くんのこと」

違う違う、と、真紀は慌てて手をぶんぶんと横に振った。

「いや、あたしじゃなくって瞳《ひとみ》がね」

「森川《もりかわ》さん？　一組の」

しゃべったことはないけど存在は知っている。目立つから。小っちゃくてよく笑う、くりくりと大きな目が印象的な子。仲間に囲まれて、天然キャラだっていじられているのをよく見かける。

「そう。あたしの親友なんだけど。瞳ね、リョウくんとつき合ってるんだよね」

「そうなの？」

それは知らなかった。

「だけどさ、リョウくん、いきなり、瞳のこと彼女じゃないって言い出したらしくて」

「ふうん……」

私には無縁の話すぎて、腑抜《ふぬ》けたリアクションしかできない。真紀や森川さんは、やっぱり私とは異なる次元に生きている子だ。

「ひどくない？」

「あ。うん。そだね」

ひどいんだろうか。そもそも、杉崎くんと森川さんに、認識の違いがあったというだけなんじゃないんだろうか。そう思ったけど、とてもじゃないけど言い出せない。

真紀は私のことを探るような目で睨《ね》めつけた。

「二宮さんのせいだと思うんだよね。絶対」

「………」

まずい流れになってきた。

「あたし。前から思ってたんだけど。二宮さんってさ」

チャイムが鳴った。昼休みが終わる。真紀は、続きを飲み込んだ。

「行かなくちゃ。私、単語テストやばいんだよね」

とりあえずそう言って笑みを浮かべてみせたけど、頬の筋肉がうまく動いてくれなくて、きっと私の顔は引きつっているんじゃないかと思う。真紀はふうと息をつくと、

「今さら単語帳見ても遅いよ」

と、少し笑った。


――前から思ってたんだけど。二宮さんってさ。

ためらいがちに声をひそめた、真紀。

小テストの紙が配られる。まったくもって思い出せない英単語のスペルのかわりに、真紀のセリフが脳内でリフレインしてる。

二宮さんってさ。

続きの言葉がたやすく浮かんでしまう自分を、持て余している。

これなら、真紀が全部言ってくれた方がよかったと、ずるいことを考えてしまう。

私は苑子が好き。一点の曇りもなく、好き。

だけど、きっとみんなはそう思ってはいない。

要領よく、クラスのどのグループ、どの階層の女子たちとも話を合わせられる私とちがって、苑子は臆病《おくびょう》だし、ぽんぽんはずむ会話のテンポにもいまいち乗っていけない。

「果歩のこと誘いたいけど、二宮さんも一緒なら、ちょっと……」

とか、

「果歩はいいけど、二宮さんは、ちょっと、何話していいかわかんない。気を遣っちゃう」

とか。言われたことは、一度や二度じゃない。

さっきの真紀は、きっと、もっと鋭い言葉を口にしようとしていた。私はそれを、瞬時に察してしまった。

あと一分ー、と、先生が声を張り上げた。私はどうしても、目の前の問題に、集中することができない。

結局、小テストは散々な出来で、私は放課後に間違った単語の書き取りをして先生に提出することになってしまった。

黙々と作業をこなす。脳にスペルは刻み込まれない。マシーンと化して、ただ、ひたすらに手を動かすだけ。

私だけじゃない。他にもちらほら、居残り命令が出されたクラスメイトはいる。ハルも、だ。ハルは数学や理科は得意だけど英語は苦手。ザ・理系って感じの偏《かたよ》り方。私はというと、全教科まんべんなく苦手だ。

苑子は自分の席で、文庫本を読みながら、私のノルマが終わるのを待っている。ラストの単語のラストの一文字を書き終えて、ノートを閉じて。伸びをしてぐるぐると肩を回す。あとは職員室に行って先生に提出するだけだ。その前に、苑子にひとこと言って行こう。

立ち上がり、苑子の席の方を見やると、杉崎くんがいた。杉崎くんが、赤い顔して苑子に何か話しかけている。苑子は文庫本を閉じた。きゅっと、口を引き結んでいる。立ち上がり、ふたり連れだって教室を出ていく。

苑子のもとへ行くタイミングを失って、私はただ、その様子を見守っていた。今まで苑子のことを見ているだけだった杉崎くんが、ついに、行動に出たのだ。

苑子のとなりの席の、ハルに視線を移す。ハルは、シャーペンを動かす手を止めていた。

私はなんだか落ち着かなくて、肩にはまだ届かない半端な長さの自分の髪を、ひとたば、人差し指に巻きつけてはほどき、巻きつけてはほどき、していた。立ち上がったままで。職員室に行くこともせずに。

ハルはまだ止まっている。かちりと、一時停止ボタンを押されたみたいに。

多分、今、苑子は告白されている。

ハルもそのことに気づいている。自分の友達が、苑子のことを好きで、ついに思いを告げる決心をしたことに。

ハルが、ふいに顔を上げて、苑子の席を見やった。苑子の机に置かれた文庫本を、見つめた。その、表情《かお》が。

知らないひとみたいだった。小さいころから一緒にいる、私のよく知ってるハルじゃない。

寝癖のついた頭を無造作に掻《か》いたり、ガチャガチャに一喜一憂したり、未確認飛行物体を探して空を見上げたり。そんな、私の、幼馴染みじゃない。

どうしてだろう。急にいたたまれなくなって、ハルの席に駆け寄った。後ろから、ぽこんと頭をはたいてやる。

「まじめに書き取りしなよ。ばーか」

戻ってきてよ、ハル。

「ばかって何だよ、ばかって」

ハルはむくれた。少しだけ、ほっとする。

私は、ハルの前の席に座った。

しばらくして、苑子がふらふらと戻ってきた。ひとりだ。私は立ち上がって、駆け寄った。

「かほちゃん」

苑子の顔は真っ赤だ。もともと色白だから、花がほころぶみたいに、さあっと色づくのだ。

「わ、私」

私は苑子の両手を取った。

「見てた。何となく察してる。で、その」

どうするの、と、声をひそめる。苑子は首を横に振った。ぶんぶんと、何かを振り払うように、何度も、首を横に振った。

「こ、断わった。だって、だって私」

苑子は目に涙をいっぱいためている。

杉崎くんじゃ、ないんだ。苑子の好きなひと。

やっぱりな、と思う自分がいた。

気づかないふりをしていた。苑子の想いの矢印が向かう相手なんて、最初から、限られている。限られているというか、ひとりしかいない。

「一緒に帰ろう」

ささやくように、告げる。苑子は小さくうなずいた。

ハルの方は、見られなかった。

校舎のぐるりに植えられた桜は、もうすっかり新しい葉を茂らせて、風にそよいで揺れていた。吹奏楽部のロングトーンの音が響いている。私と苑子は、まっすぐ帰ることもせず、音楽室や図書室のある別館裏の、非常階段に座っている。

「ここに、呼び出されたの」

「ふうん……」

勇気あるな、と思った。杉崎くんが、だ。苑子にひそかな想いを寄せる男子は、これまでもいたけど、実際に告白したのは、杉崎くんがはじめてだ。

すん、と、苑子が洟《はな》をすすった。

どうして苑子が泣きそうになっているのか、わからない。パニックになると、涙が勝手に出てくるものなんだろうか。杉崎くんが自分に気があることに、まったく気づいていないわけでもなかっただろうに。

「杉崎くんって、ハルくんと、仲いいじゃない？」

「うん」

杉崎くんに限らず、ハルは男子にもてる。もてる、という言い方は適切じゃないかもしれないけど、他に言いようがない。休み時間、ハルのまわりにはいつも誰かしらがいて、ちょっかいを出したり話しかけたりしている。ハルは、ふざけて乱暴なことをしたり、ひとの悪口を言ったりしないし、わりと優しいというか、ひとがいいから、好かれるのはわかる。

　苑子は、抱えたひざに、小さな顎《あご》をうずめた。

「じゃあ、ハルくんも知ってたのかなって。杉崎くんが、その、私のことを」

「さあ、それはどうだろう。そもそも男子って、誰が好きとか、そういう話、するのかなあ？」

　百歩譲って、男子（というか、杉崎くん）も恋バナをするとしても。ハルに相談したところで、得られるものはないと思う。

「そっか、そうだよね」

　苑子は顔を上げて、浮かびかけていた涙を指で拭った。

「心配になったんだ？　ハルが、杉崎くんに協力してたんじゃないか、って」

　長い、長い。間が、あった。

　苑子は顔を赤くして、長い髪を揺らして、こくりと、うなずいた。

「どうしてハルくんなのかわからない。いつの間にか、ハルくんばかり見るようになってて、私。ひょっとしてこれが、……って、思ったら、もう、止められなくなった」

自分の、気持ちを。

そう、苑子は続けた。

「ごめんね果歩ちゃん。もっと早く打ち明けたかったけど、どうしても恥ずかしくて」

「何で謝るの? べつに、親友だからって、何でもかんでも打ち明け合わなきゃいけないって決まりはないじゃん」

苑子の細い肩に、そっと手を置く。そだね、と、小さく言って、苑子は笑った。

あのね果歩ちゃん、と、苑子は制服のポケットから、小さな巾着《きんちゃく》袋を取り出した。

「何?」

「もらったの。ハルくんに」

巾着袋に入っていたのは、琥珀。化石ガチャガチャで、ハルが当てた、数千万年前の虫を閉じ込めた、透き通った石。

「この前、神社の泉に行ったじゃない、三人で」

団地をこっそり抜け出した、新月の夜。またたきながら、ふわふわ漂うほたるの光。

「次の日の夕方にね、ハルくんがうちに来て。これ、やる、って言って。そのまま、ダッシュで帰ってった」

苑子は、私の手のひらにある、小さな樹脂の化石を、人差し指でつついた。いとおしそうに、目を細めて。

「びっくりした。けど……。私の、宝物」

ふうん。

琥珀を、苑子の手の中へ押し戻す。私なんかが触れていいちゃいけない気がした。

杉崎くんに呼び出された苑子の机の上、置き去りにされた文庫本を見つめていたハルの横顔が、ちらりと蘇る。

どうしてだろう。息が、しづらい。

苑子も、ハルも。私を置いて、どこかべつの場所へ行ってしまうような、そんな気がしたのだ。

ただ、それだけだ。


鍵を回してドアを開けると、おかえりー、という声に出迎えられた。お母さんだ。リビングで、ソファに座って、たまったドラマの録画を見ている。

「ただいま。どうしたの？」

仕事は？　と、聞こうとして、そういえば今日は有給を取ると言っていたのを思い出した。お母さんは市内にある小さな会社でずっと事務の仕事をしていたんだけど、私が中学生になったタイミングでパートから正社員になった。

あのあと、私は、ひとりで帰ってきた。ちょっと用事があると嘘をついて苑子と別れ、団地とは逆方向にある商店街に寄ってみたりして、でも本当にすることがなく、結局本屋で立ち読みをして時間をつぶした。

何となくひとりになりたかった。たまにはこんな日があったっていいと思う。

着がえもせず、キッチンに向かう。冷蔵庫から牛乳を取り出し、グラスに注いで一気飲みした。

「ぷはーっ」

「果歩ー。お母さんも何か飲みたいー」

キッチンとリビングはカウンターを挟んでとなり合っている。お母さんは、ソファにもたれかかったまま、私に命令した。めんどくさいから、お母さんにも牛乳を注いで渡した。

「コーヒーとかがよかったのに」

「だったらコーヒーって言ってよ」

「コーヒーがいい」

「自分で淹れて」

「うわ。果歩、機嫌わるっ」

お母さんは、わざとらしく顔をしかめた。

相手してらんない。むっとふくれてキッチンに戻る。お母さんはテレビを消して立ち上がり、カウンターから身を乗り出した。

着がえたらどこかに時間をつぶしに行こうか。ため息をついて、空になったグラスを流しに置こうとした瞬間。

「あんた、晴海くんとつき合ってんだってー?」

不意打ちをくらって、手からグラスが滑り落ちそうになってしまった。

「ちょ、何それ」

「千尋さんが言ってた。うちの息子がごめんね、って。夜中に逢引《あいび》きしてたらしいじゃん」

「違うから、違うからっ」

「まーまーまー。そんなにムキになりなさんな。あんた顔真っ赤だよ?」

「ちがっ……。千尋さんにも言っといて! ほんっとうに、何でもないから!」

何で今日に限ってお母さんが休みで、このタイミングで、そんな誤解を蒸し返されなきゃならないんだろう。

ハルが琥珀を渡したのは苑子だ。

ハルがつき合うのは私じゃなくて苑子だ。

うちの家族と千尋さんも、苑子の家族も、みんな仲がいい。もし、この話が、苑子の耳に入ったら悲しませてしまう。ハルの耳に入ったら、心底嫌がられてしまう。

「ねーねー果歩、お母さん知りたいなー。きっかけ知りたいなー」

「バカっ」

思いっきり怒鳴ってやった。だだっと短い廊下を駆けて、制服のまま、家を飛び出す。ほんっとうに、デリカシーのない母親で、嫌になる。

階段を一気に駆け下りる。途中で、どんっ、と、大きい何かにぶつかった。

「あぶねーな。前見て歩けよ、果歩」

ハルだ。

「……ごめん」

「いや、べつに怒ってないから。ただ、怪我《けが》するだろ？　そんな猛スピードで」

私は顔を上げることができない。立ち止まって、うつむいて、髪をしきりに触って、それでも胸の奥がざわめいて落ち着かない。

「何か、あった？」

へんだぞおまえ、と、ハルが私の頭に手を置いた。いたわるような、やわらかい声。

「触んないでよ。何もないし。バカじゃない？」

「はあー？　何だよその言い方。ひとが心配してんのにそれはないだろ？」

ハルが声を荒らげる。

「心配してくれなんて頼んでない」

「そうかよ。じゃ、もう、知らね」

じゃな、も、またな、も言わずに、ハルは私の横をすり抜けて階段を上っていった。だんだんだん、と、私のそれより重い足音が響く。ハルの足音は、すぐにわかる。わかってしまう。

嫌に、なる。

## 四

団地のいたるところに植えられたあじさいの葉は、青々とよく茂り、五月の清潔な朝の陽を浴びて、きらりと光っている。たくさんのつぼみも、ふくらみ始めている。

ゴールデンウィークは、どこにも出かけず、ごろごろと怠惰《たいだ》に過ごした。お姉ちゃんに借りた漫画をひたすら読んだり、寝たり、おやつ食べたり、寝たり。小学生のころまでは、となりの市にある従姉妹《いとこ》の家へ、バスで泊まりに行ったりしていたけど、今はそれも億劫《おっくう》だ。

「あーあ。やっぱり太ったかなあ」

連休明け、ひさびさに制服を着たら、ウエストが心なしかきつい気がする。

中間服は、白いセーラー服。衿《えり》だけ紺色で、スカーフはみずいろ。夏は、これが半袖になっただけ。ちなみに冬は紺に白のスカーフ。

「大丈夫だよ」

苑子がほほ笑んで、自分の胸元のスカーフをきゅっと引っ張り、整えた。みずいろのスカーフは、苑子のお気に入り。苑子は、青いものが好きだ。ポーチや手鏡やペンケースや消しゴム、身の回りのこまごましたモノを、淡いトーンのものから、深い群青《ぐんじょう》まで、あらゆる青で揃えている。

ふたり、連れ立って団地を出る。A棟の集合ポストの下で待ち合わせて一緒に登校するのが、小学一年生からの習慣だ。

「楽しかった？　海」

うん、とうなずく苑子。隣県の海辺の街にあるおばあちゃんの家に泊まりに行っていたらしい。

「果歩ちゃんにおみやげ」

渡されたのは、シー・グラス。みずいろのガラス片。表面がざらついて、波にもまれて角が丸くなっている。

「ありがとう。すごく綺麗」

「浜にね、たくさん落ちてるの。夢中で集めちゃった。透明で、すごく綺麗な海なんだ。誰もいない朝に散歩するの、すごく気持ちいいよ」

「へえ、いいなあ。私も行ってみたい」

つぶやくと、苑子はとたんに目を輝かせた。

「夏休み、果歩ちゃんも来ない？　おばあちゃんに、友達連れてきてもいいか聞いてみる」

「いいの？」

苑子は「まかせて」と胸を張った。海、か。気持ちいいだろうな。

坂道を下りながら、シー・グラスを陽にかざしてみる。

「海のかけらみたいだね」

おだやかに凪《な》いでいる、晴れた日の海の色。

「晴海」

「え？」

苑子が目を見開いた、その反応を見てはじめて、自分がハルの名前をつぶやいていたことに気づく。

「あっ、深いイミはないよ。晴れた海みたいだなって思ったら、連想がつながっちゃったみたいで。ほら、晴天の晴に、海じゃん？」

「果歩ちゃん」

苑子が、歩《ほ》を止めた。

「あの。えっと。確認、なんだけど」

「苑子?」

「……ん?」

「果歩ちゃんは、ハルくんのこと、何とも思ってないの?」

私は苑子のかたちのいいアーモンドアイを、じっと、見つめ返した。苑子の澄んだ瞳の中に、私がいる。私が。

「好き、じゃ。ないの?」

五月の風がそよぐ。

「好き、って。私が? ハルを?」

苑子は深くうなずいた。あまりにも真剣で、思いつめたような苑子の様子に、笑って茶化すこともできない。

私が、ハルを。

「そんなわけない」

そんなわけない。あいつは手のかかる弟みたいな存在だし、ハルだって、私の扱いは雑だし。苑子と違って、女子として認識されてないし。

「好きじゃない」

もう一度、きっぱりと否定してみせたら、苑子はようやく全身の緊張を解いた。

「そっか。よかった」

花がほころぶように、笑う。

「果歩ちゃんとライバル同士だなんて、嫌だもん」

「ありえないから安心してよ」

「うん。……でもね。もし、果歩ちゃんも、ハルくんのこと好きだったら、ちゃんと打ち明けてね。私のために果歩ちゃんが我慢するとか、絶対、嫌だから」

「もうっ。だからありえないってば」

しょうがないなと笑って、苑子を小突く。苑子はちろっと舌を出した。


朝のホームルームの前にある、十分間読書の時間に、ハルは教室に現れた。遅刻ぎりぎり。

ハルは慌てて席に着き、カバンを机の横に掛けると、ごそごそと本を取り出した。苑子がそんなハルを見て、くすっと笑みを漏らす。

ハルは決まり悪そうに頬を掻くと、苑子に「おはよ」と言った。声は私の席からは聞き取れなかったけど、口の動きでわかる。苑子のかたちのいいくちびるも、「おはよ」と動く。

けっこうお似合いじゃん、って思った。ふたりの幼馴染という立場を離れて、客観的に見てみても、しっくりくる組み合わせっていうか。ハルだってわりと整った顔立ちだし、清楚《せいそ》で可憐な苑子と一緒だと、なかなか絵になる。

それに、考えてみれば、苑子みたいに警戒心の強い子は、きらきら目立つ杉崎くんよりも、子どものころから知っているハルを好きになる方が自然だ。安心感あるしね。お互いのこと、誰よりもわかってるしね。

目が滑って、本の内容が頭に入ってこない。

と、後ろの席の子に、つん、と背中をつつかれた。小さく折りたたんだルーズリーフの切れ端を渡される。開いてみると、真紀からだった。

——今日、部活休みなんだ。一緒にカラオケ行かない？

とある。朝っぱらから、もう放課後の話するんだ。ちょっと笑ってしまった。

いいよ、とだけ書いた紙を、真紀の席まで回してもらう。

二宮さんも一緒に、とは、書かれていなかった。私も、苑子と一緒ならいいよ、とは返事しなかった。

苑子、カラオケ嫌いだし。真紀みたいな、華やかでにぎやかな子たちのことも、苦手だし。たまには私だって、苑子以外の友達と遊んだって構わないと思う。親友以外と遊んじゃいけないだなんて、そんなルールないわけだし。

チャイムが鳴って、私は本を閉じた。

ふと、ハルの席を見やる。ハルはまだ本を読んでいる。その目は思いのほか真剣で、ぱら、とページをめくりながら、小さくため息なんてついている。

どきりとした。何かに夢中になっているときの、ハルの顔。小さいころから、一度集中してしまうと、まわりの何もかもが目に入らなくなるようなところが、あいつにはある。

ドアが開いて先生が入ってきても、ハルはまだ本から目を離さない。

そんなに面白い本なら、もっと早く学校に来て早く読み始めればいいのに。ほんとにしょうがないやつ。

私は必死に文句を探しながら、さっきまで盗み見ていたハルの横顔を、頭の中から追い出そうとしていた。

カラオケには、うちのクラスの、真紀と同じグループの子たちの他に、森川瞳さんも来た。自称「杉崎くんの彼女」の子。

定食屋と洋品店に挟まれた、小さなカラオケボックスの小さな部屋、くたびれた黒いソファに、私は真紀と森川さんにサンドイッチされる感じで座った。

真紀にいつもくっついて回ってる、篠原《しのはら》さんという子が、さっそく数曲入れて、てきぱきと飲み物やポテトなんかを注文している。

ノリのいいポップなメロディが流れ出す。

「沢口果歩さんでしょ？　よろしく。いつも二宮さんと一緒だよね？　今日は、いいの？」

森川さんが私の顔をのぞき込んだ。くるっと大きな目をしていて、かわいい顔だな、と思う。

「今日は、委員会の仕事があるんだって」

本当だ。放課後、真紀たちと遊ぶから、と告げると、苑子は、自分も、所属している美化委員で清掃活動しなきゃいけないんだと、私に言った。

私に気を遣って、咄嗟についた嘘だったのかもしれない。学校を出るとき、校舎の中にも外にも、掃除をしている生徒なんてひとりもいなかった。

店員さんが入ってきて、飲み物のグラスを置いた。私は自分のウーロン茶を手に取る。

「果歩ー。一緒に歌おうよ」

真紀にマイクを渡される。

「この曲知ってる？」

「知ってる」

マイクを握って、喉を開いて、思いっきり歌う。すかっとした。声を出すうちに気持ちがどんどん晴れていく気がした。何曲も、何曲も。みんなと一緒に歌って、気づいたら、ソファで飛び跳ねて、踊っていた。

カラオケボックスを出たあとも、誘われて、駅前のハンバーガーショップでおしゃべりした。みんなとは、もうすっかり打ち解けていた。

「ねえねえ果歩ちゃん。二宮さんって、リョウくんに告られたってほんと？」

ゆうべのドラマの話で盛り上がっていたのに、ちょうど会話が途切れたタイミングで、森川さんが聞いてきた。黙秘《もくひ》、すべきか。私はシェイクをずっと吸い込んだ。

「告られたんだよね？　何人も、見たひといるもん」

「……ごめん。知らないんだ。私たち、そういう話、あんまりしないから」

それが聞きたくて、真紀は私を誘って、森川さんも一緒についてきた。どうせそんなところだろうと、妙に腑に落ちてしまう。

真紀が自分のナゲットにバーベキューソースをつけながら、

「そんな大事な話、親友の果歩にしてくれないの？」

と、言った。風向きが変わった。私は黙ってポテトをかじる。

「二宮さんと果歩って、腐れ縁っていうか、家が近所ってだけでずっと一緒にいるんでしょ？　ぶっちゃけ疲れない？」

「べつに……。疲れないよ……?」

真紀は片ひじをついて、私の目をじっと見た。

「じゃあさ、イラってくることは? ない? なんかさ、あの子、言っちゃ悪いけど、いつも果歩の後ろにくっついておどおどしてるし、なのに男子にはもてるし」

「そうそう。ていうか結局さー、男子が一番好きなのって、ああいう子だよね。守ってあげたくなる系? っていうの? あれって狙ってやってんのかなー」

篠原さんがここぞとばかりに身を乗り出した。

「男子って単純だからすぐ騙《だま》されるんだよねー。あーあ。リョウくんは違うと思ってたのにー」

「元気出して瞳ー。もっとイケメンつかまえて見返してやりなよー」

火がついたみたいに、あっという間に盛り上がってしまった。

私は何も言えずに、ただ、小さく丸くなるだけ。だんご虫みたいに。固く。自分の身を守るので精一杯。

私以外のみんなが、苑子の悪口を燃料にして、燃え上がって、ひとつにまとまっていく。固く結束していく。そこに反論して水を掛けて、「何なのこいつ」と思われることが、怖かった。

バーガーショップを出ると、空は明るい蜜柑《みかん》色に染まり始めていた。

みんなと別れて、ひとりで団地へ続く坂道を上りながら。息苦しくて、何度も座り込みそうになる。

真紀たちの本当の狙いは、杉崎くんについて聞き出すことじゃなくて。私を苑子から引きはがして、自分たちに引き入れること。苑子を、孤立させること。

まるで予想できなかったわけじゃないのに。なのに私は、苑子を置いて、誘いに乗った。

いったい、何をしているんだろう、私は。

団地の敷地の、けやきの梢が揺れている。夕暮れの空の中で、揺れている。

「……あ」

E棟の集合ポストのそばに、ハルがいた。まだ制服姿で、ポスト横の掲示板を、ぼんやり眺めている。と、ハルは、私に気づいて片手を上げた。

「果歩、今帰り？　珍しく遅いじゃん」

「ちょっとね。ていうか、自分こそ」

ハルのとなりに立つ。ハルは私より、ほんの少しだけ、背が高い。

「久々に部活行っててさ」

「そっか。生物部だったね。謎の」

「謎って言うなよ」

「だって何やってんのか全然わかんないもん」

「理科準備室でいろいろ飼って観察してんだよ、蛙《かえる》とか」

「蛙？　ヤダ」

顔をしかめてみせたら、ハルは、「かわいいんだからな、アマガエルは」と言って、私を軽く小突いた。

「……早く帰ろっと。おなか空いた」

本当は、全然空いてなかった。だけど。何となく息苦しくて、だけどそれは、さっきまでの、真紀たちと一緒にいたときのいたたまれなさとは違って。

私は階段を上る。すぐにハルの足音が追いかけてきて、私と並んだ。

「ちょっと。一緒にいたら、また誤解されるじゃん」

「は？　誤解ってなんだよ」

「忘れてんの？　……あーもう、説明したくない」

駆け足になる。五階まで、一気に。コンクリを踏みながら、駆け上がる。

「待てってば。果歩」

「何」

階段を上りきる。振り返らない私の腕を、ハルが、つかんで、引いた。

「何っ……」

「すげー綺麗だよ」

言われて、外を見る。

降り注ぐ夕陽が街を照らしていた。空も、雲も、山も、すべてが、透明なオレンジに包まれている。

団地の敷地は傾斜になっているから、五棟立ち並ぶ建物の、端っこのE棟は一番高いところにあって、階段の踊り場や通路からの眺めが、他の棟にさえぎられることはない。

街の中心部に立ち並ぶビル群、ぎっしりと密集した家並み、新幹線も、ところどころこんもりと茂る木々の緑も、蛇行《だこう》する河も。すべてがはるか小さく、一日の終わりの光を浴びて光っている。

「俺、ここから夕焼け見るの、すげー好き」

「うん」

私も、だ。

「なんか小っちゃく感じる。自分の悩みとか」

「悩みあるんだ、ハルも」

「果歩も、だろ。何かあったろ?」

「何もないってば」

「そう言うと思ったけど。いっつもそうだもんな、果歩って。何でも自分ひとりで抱えてひとに頼ろうとしないだろ？」

「……ばか」

小さく、つぶやいた。どうしてそんなこと言うの？　図星突かないでよ。調子、狂っちゃうじゃん。

私はハルから目をそらした。

「自分こそ。悩みって何よ」

苑子のこと、とか？

「……ん。親父、が」

想像もしていないところから球が飛んできた。別れて暮らしている、ハルのお父さん。どういう取り決めなのかは知らないけど、定期的に、ハルはお父さんと会っているようだった。

「連休に会ってさ。面会、それで最後にしてくれって頼んだ。親父のことに関しては、俺の気持ちを尊重してくれるって話だったし」

ハルは淡々と言葉を紡ぐ。

「何で……？」

「親父のとこ。子どもが生まれたって」

離婚の原因になった女のひとと再婚して暮らしているらしい、というのは、うちの親が噂していたから知っていた。けど、ハル本人に聞くことはしなかった。多分、苑子もそうだと思う。

「ちょうどいいきっかけになったっていうか。親父と会っても、共通の話題、ないし。映画観てメシ食って小遣いもらって、ってパターン。何か、そういうの、しんどくなってたし。正直」

夕焼けの空を、細長い雲が流れていく。光を浴びながら。私たちの街を包み込むオレンジが、なんだか、酸《す》っぱい。きゅっと、胸の奥がすぼまるような。

お父さんの、新しい奥さんに、子どもが生まれた。

血がつながっているのに遠いお父さん。血がつながっているのに、お互いこれから会うこともないだろう、きょうだい。

ハルの横顔には、寂しさの色は浮かんでいない。ただ、すべてをあきらめて、受け入れている、そんなふうに見えた。

子どもの力ではどうにもできないことがある。ハルはそれを知っているから、足掻《あが》くことは最初からしない。私より、ずっとずっと大人だったのだ。

苑子の、生まれてこなかった弟。ハルの、遠く離れてしまったお父さん。ふたりとも、最初から大切なものを失っていて、失ったものを抱えながら生きていて、だから大人で、だから、惹《ひ》かれ合うのも自然なこと。

今日。苑子の味方になってあげられなかった自分が、ますます、ちっぽけで弱くて、情けない人間に思えた。

「ごめんな、こんな話。重いだろ？」

自嘲《じちょう》めいた笑みを浮かべる、ハル。

「重くないし！」

思わず、ハルのわき腹を、軽くパンチした。なんだか、無性に悔しくて。ハルの笑顔が、私との間に壁を作っているように、そんなふうに思えたから。だから私は。

「そういうの、どんどん話しなよ。あんただってひとのこと言えないじゃん。何でも抱え込んじゃってさ」

じれったくてたまらない。何もできない自分が。

「……果歩」

「私には、聞くことしかできないけど。でも、ほら、小っちゃいころから一緒にいる、腐れ縁じゃん？　愚痴とか……。何でも、言いなよ」

「ありがと」

ハルは小さくつぶやくと、私の頭に手のひらをやって、ぐしゃぐしゃっと掻きまぜた。

「ちょっ、やめ」

「お礼に、今度アマガエル触らせてやるよ」

顔を上げると、ハルがにいっと笑っている。いつもの、無邪気な笑顔。瞬間、心臓がことりと音を立てて揺れる。

だめ。どうして。胸が。

「冗談じゃないしっ！」

私はハルに、自分のスクバをぶつけた。ハルは、「じゃーな」と片手をひらひら振って、逃げていく。

「まったくもう……」

踵《きびす》を返す。

ハルの横顔が、笑顔が、頭に焼きついていた。ばか。出てって、と。何度も何度も言い聞かせるのに。胸が。ずっと、酸っぱくて、苦しい。

# 五

六月になった。

私は今まで通り、苑子と行動をともにしている。学校でも、学校の外でも。真紀たちとも、やっぱりこれまで通り、ほどほどに仲よくしている。だけど、真紀たちが、休み時間にひそひそと何か耳打ちし合っているのをよく見かけるようになった。苑子のことをちらちら見ながら、ときおり、私に意味ありげな視線を投げるのだ。

あの子たちの気が変わるまで、気づかないふりして受け流すしかない。

「果歩ちゃん。ため息。どうしたの？　幸せ逃げるよ」

苑子が私の顔をのぞき込んだ。

昼休み。私たちはふたりで、教室のベランダの手すりにもたれて、だらだら過ごしている。

「私、ため息ついてた？」

こくこく、と、苑子はうなずく。

今日は風がなくてひどく蒸し暑い。雲が出てきたし、雨が近いのかもしれない。

「ねえ、苑子。幸せってほんとに逃げるの？」

「逃げるかもだよ」

「でも、幸せのあとには不幸せがくるんだよね？　苑子理論でいくと。それが本当だったら、最初から幸せもいらないって思うけどな、私は」

大きな幸せをつかんだら、同じくらい大きな不幸せも、あとでやってくるということになる。それじゃ、喜べない。

苑子は、くすりと笑った。

「いらないって思っても、自分じゃ決められなくない？　やってくる幸せも、不幸せも」

「そういうものかな」

「果歩ちゃん。私ね。そろそろ、勇気を出してみようかと思うんだ」

「勇気……？」

「幸せを、自分からつかみにいく、勇気」

先週、席替えがあって、ハルと苑子はとなり同士じゃなくなった。

ハルの新しい席は窓側から二列目、前から二番目。窓側、後ろから二番目にいる私の視界に、ちょうど入ってくる。

数学の先生がグラフだか関数だかの説明をしているのが、耳の中を素通りしていく。

数学が得意なハルは、頬杖をついて、ノートもとらずに、じっと先生の話を聞いている。

苑子は……。廊下側の一番前の席だから、からだをひねらないと、ハルの様子を見ることはできない。私と逆だったらよかったのにね、席。

まさか、苑子が、自分から告白するタイプだなんて思わなかった。

シャープペンシルを、くるくる回す。

直接言うのは勇気がいるから、手紙を書く、らしい。今どきラブレターだなんて、いかにも苑子という感じだけど。

苑子はちんまり小さい文字を書く。細くて白い手で丁寧に文字を綴《つづ》って、封をして。手紙を胸に抱いて、吐息《といき》を漏らして。その様子が、ありありと目に浮かぶ。

ハルは頬杖をついたまま、ノートを広げてさらさらと問題を解き始めた。

その後ろ姿を、私は、ぼうっと見つめていた。

背中、大きくなった。昔より。

「……口。沢口」

後ろの席の子に、肩をつつかれる。それでやっと、自分が先生に指名されていることに気づいた。先生はあきれ顔だ。

「大丈夫か？　沢口、問三だぞ。いいな。続き。問四、鶴岡《つるおか》。問五、井上《いのうえ》。以上、式と答えを板書すること」

何ページの問三だろう。となりの子に聞いて、そそくさと黒板へ向かう。途中、ハルが、すれ違いざま、私に、こっそりと小さな紙片を渡した。

式と解が、書いてある。

どーせわかんないんだろ、と。余計なひと言も付け足されていた。

どーせわかんないとは何よ。得意だからって、えらそうに。むかつきながらも、自分のノートに紙片を挟んで、ハルの解いた答えを、そのまま黒板に書いた。

自分の席へ戻るとき。ハルがにやっと笑ったのがわかったから、ふいっと横を向いた。

わからなかったんじゃありません。先生の話を聞いていなかっただけです。

先生の話も聞かずに、ずっと私は。私は……。

私は、それ以上考えるのをやめた。

放課後、苑子と連れ立って校舎を出たときには、空は厚い雲で覆われていた。

「やばい。雨降るかなあ。私、今日、傘忘れたんだよね」

「私は持ってるよ」

苑子が自分の傘を得意げに掲げた。真っ青な、傘。

「それ、はじめて見る」

「下ろしたてなんだ。はっとするほど青いでしょ？　ひと目見て、気に入っちゃって」

わりと大きいから、相合傘《あいあいがさ》も余裕だよ、と、苑子は笑う。

今日は遠回りして帰る。苑子の、レターセットを買いに行くのだ。

空気はぬるく湿っていて、歩いているからだにまとわりついてきて不快だ。

郵便局の裏手にある小さな文具店は、店自体は古いけど、今の若い店主に代替わりしてから、品揃えがおしゃれになった。だけど、紙やインクのにおいが満ちているところは昔と同じで、なんだかほっとしてしまう。

苑子が手に取るのは、やっぱり、青系統の色ばかり。

「ねえねえ。これかわいくない？　水玉模様だけど、よーく見たら、しずくのかたちが混じってるんだよ」

苑子は目をきらきらさせて、私の袖を引く。

「かわいいけどさー。どうせハルに渡すんでしょ？　あいつ、レターセットのデザインなんて見ないって、絶対」

それに、わざわざ新しく買わなくたって、手紙好きの苑子はかわいい便箋も封筒もたくさん持っているのだ。私にちょっとしたことを書いて渡してくれるメモ用紙すら、愛らしい。

「そうかもしれないけど」

苑子はほっぺたをふくらませた。

「だってラブレターだもん。勇気振り絞るんだもん。一生一度の大告白だもん。気合入っちゃうよ」

「一生一度って、そんな大袈裟《おおげさ》な。これからずーっと、大人になっても、ハルとしかつき合わないつもり？」

「そうだけど？」

苑子は首をかしげた。

「もし、ハルくんがオッケーしてくれたら、だけど。できれば、一生、ハルくんのそばにいたいなって」

「わわっ。結婚する気なの？　もう、そんなこと考えてんの？」

「へん？　……ていうか、重い、かな」

それは……。そんなのわかんないけど、と、私はもごもごと口ごもった。

「あっ。これ、素敵」

いきなり苑子のテンションが跳ね上がった。手にしているのは、淡いブルーの、シンプルなレターセット。

「普通じゃん」

「よく見て。ところどころ、銀色で、三日月や星たちが型押しされてるでしょ。きらきらしてるけど、さりげなくって。こういうの、好きだなあ」

「私はしずく水玉の方が好きだけど」

一応、そう言ってみたけど、苑子は、もう迷わなかった。ひと目ぼれしたレターセットを手にレジへ向かう。これと決めたらその意志は揺るがないのだ。見た目も雰囲気も儚《はかな》げで、話し方もおっとりしてるけど、中身は違う。一本芯が通ってるというより、固い固い石が詰まってるんじゃないかとさえ思う。こんなふうに、苑子の買い物に付き添ってアドバイスしても、結局私の意見が通ったことはない。

　お店を出たとたん、ぽつぽつと、雨が降り出した。苑子は傘を開いた。ぱんっ、と、気持ちのいい音が響く。

「どうぞ」

「ありがとう」

　苑子が差しかけてくれた傘に入る。青。鮮やかな。目の覚めるような。まじりけのない青の中に、苑子とふたり。

　まばらな雨が傘を叩く音が響く。

　私は苑子に、前から不思議に思っていたことを、聞いた。

「どうして急に、ハルに告白しようだなんて思ったの?」

　苑子の、透き通るようなきめ細かい肌が、青を反射している。美しく、反射している。

　焦っちゃったんだ、と、苑子は言った。

「このままじゃ、誰かに取られるかもって思ったら、いても立ってもいられなくなった」

「誰も取らないってば。そんな物好き、苑子ぐらいじゃない？」

冗談めかして、あははと笑ってみせる。だけど苑子は笑わない。

「……そうかな。ほんとにそう思う？」

苑子の声はかぼそくて、消え入りそうだった。

粒の大きな雨は次第に勢いを増してきて、これ以上ひどくならないうちにと、ふたりで身を寄せ合って家路を急ぐ。苑子の華奢なからだが触れる。熱を持っていた。苑子の中にある、固い固い石のようなもの。芯、が。燃えている。

団地のあじさいが咲き始めている。青みがかった紫のグラデーションが、雨のしずくをまとって艶めいている。

苑子は、E棟までついてきてくれた。雨のせいで空気が冷えて、制服も濡れたせいか、なんだか肌寒い。

互いに「ばいばい」を交わしたあと。去ろうとしていた苑子が、ふいに、振り返った。

「あのね果歩ちゃん。私、本気だから。本当に、手紙、ハルくんに渡すから。止めるなら今だからね？」

「何言って……」

戸惑う私に、苑子は、ふふっ、とほほ笑んだ。艶やかな黒髪は雨でしっとり濡れて、白い頬には赤みが差していて。あまりにも完璧に美しくて、まるで天使か、妖精《ようせい》か、あるいは女神か。大袈裟《おおげさ》じゃなく、私はその一瞬、本気でそう感じていた。

苑子は、どんどん綺麗になっていく。

ずっと雨は降り続いている。降っては止み、止んでは降り。明るい陽の射さない、見ているだけでため息が漏れるような、淀んだ空。

苑子は、ハルに手紙を渡した。……らしい。私はその場に居合わせたわけじゃない。それどころか、苑子本人から報告されてもいない。

ハルに聞いたのだ。

夕方だった。うちのドアの前で、ハルは私を待っていた。ジーンズのポケットに両手をつっ込んで、背中を丸めて、そわそわと落ち着きがない。私に気づくと、ほっとしたように表情をゆるめた。

私は近所のスーパーから帰ってきたところだった。お母さんから、帰りが遅くなると連絡がきて、私が夕ご飯を作る羽目《はめ》になったからだ。お父さんも仕事だし、お姉ちゃんも部活で遅い。帰宅部で塾にも行っていない私だけがヒマ人だから、こうしてちょくちょく家事を手伝わされている。

「何してんの、ハル」

「ちょっと、相談っていうか……。でも、いいや。今からメシ作るんだろ？」

私が手にしているエコバッグを見て、ハルが申しわけなさそうに眉を下げた。

「べつにいいよ、すぐできるし」

バッグの中身は、ひき肉と豆腐と、麻婆豆腐《まーぼーどうふ》の素《もと》。残念なことに、私は料理が絶望的に下手で、冷蔵庫にあるものを適当に組み合わせて、ちゃんと食べられるものに仕上げるスキルがない。だけど、さすがに「素」を使えば、失敗はない。あとはインスタントのたまごスープでも添えればいいだろう。

「とりあえず、中、入れば？」

ハルはこくりとうなずいた。

ハルをリビングに通す。冷蔵庫に食材をしまい、お湯を沸かす。雨のせいで冷えるから、冷たい麦茶より、きっと、あたたかい飲み物の方がいい。

ひさしぶりだな、と思う。となり同士だし、鍵っ子同士だし、互いの家を行き来するのはしょっちゅうだったけど、中学に上がってからは、そんなことはめっきりなくなっていた。

苑子は女子だからいいけど。ハルは、さすがに。

ソファに座ったハルの顔は硬い。テーブルに、コーヒーのマグと砂糖のポットを置いた。

「どうぞ」

「ありがと」

「インスタントで悪いけど」

私が作るものは、大抵インスタントだ。便利な世の中でよかった。

私もソファに座る。端っこに。できるだけ、ハルとの間に距離が欲しい。昔は、何も考えず、となりに座ったのに。

沈黙の中、コーヒーの湯気《ゆげ》が漂って部屋を満たす。自分のマグに手を伸ばしたところで、ハルが、「あのさ」と切り出した。

「苑子に、その」

苑子。

「もう？　もう、もらったの？」

「……。何で、知ってんの」

そりゃ、話は聞いてたわけだし。だけどまさか、こんなにすみやかに行動を起こすなんて思わなかった。

「どうしよ、俺。こういうの、はじめてだし」

心臓がどくどく音を立てていた。ゆっくりと息を吸って、マグを両手で包み込む。

「つき合えばいいじゃん」

冷静に。冷静に。

「ハルだって、好きなんでしょ？　苑子のこと」

ハルは、ゆっくりとうなずいた。ばかみたいに赤くなっている。首筋も、耳たぶにいたるまで。ばかみたいに、赤く。

「でも俺、彼氏とか彼女とか、そういうの、わかんねーし。何すればいいわけ、つき合うって」

ほんとにばかだ。

「私だってわかんないけど。……一緒に帰るとか。一緒にどこか出かけるとか。とにかく一緒にいればいいんじゃない？」

お互い、好きなんだし。両想いなんだし。

手の中のマグカップの、茶色い液体が、揺らめいている。

「自信ないんだ。何で俺、って。亮司みたいにイケメンでもないし、取り柄があるわけでもないし」

「ばかじゃないの、あんた」

ぴしゃりと。殴りつけるように、言い捨てた。

「堂々としてなよ。苑子はハルがいいの。ハルじゃなきゃだめなの」

ハルが顔を上げて私を見た。はっとしたような、まるで、大事な何かを見つけたような……光のともった目。

「わかったならさっさと帰って。私、今から麻婆豆腐作るんだから」

「あ。ご、ごめん」

ハルは律儀《りちぎ》に、コーヒーを一気に飲み干して、流しに運ぼうとしたから、「いいから」とマグを奪った。

「ごめん。果歩」

「ん」

「ありがとな。なんか、ふっきれた」

「いいから。ほら、早く帰りなさい」

私は笑って、しっしっ、と、野良猫を追い払うようなしぐさをしてみせた。ひでーな、と、ハルも笑う。

もう一度私に「ありがと」と言い残すと、ハルは出ていった。ドアの閉まる音が響く。

麻婆豆腐を作らなきゃ。早く。……早く。

ひとり残されたキッチンに、静かに降り注ぐ雨の音。

夜の気配が迫ってきて、私はその場にうずくまった。

ハルと苑子のことは、三日もしないうちにクラスメイトたちの噂に上った。

いつも男友達に囲まれているハルと、おとなしくて目立たないけど〝実は〟かわいい苑子。バスケ部エースの杉崎くんを振って、その親友のハルとつき合うだなんて。どういう経緯でそうなったのか、みんな、本人たちじゃなくて、ふたりの幼馴染の私に聞いてくる。

普段から、みんなにいい顔をして、嫌われないように愛想笑いを振りまいてきたから。だから、そういう役目が回ってくるのは仕方ない。

「小さいころから一緒にいるから、そういう気持ちになるのも自然なんじゃない？知らないけど」とか、「ハルはああ見えて優しいとこあるから。苑子には、とくに」とか。「どっちが告ったかなんて知らないよ。ただ、時間の問題だとは思ってたけど」とか。適当なことをその場しのぎで答えるたびに、鋭い棘が自分に刺さって。自分で自分にナイフを突き立てているみたいで。痛かったけど私は笑っていた。

「あーあ。ひそかに島本くん、狙ってたのになー」と愚痴ってくる女子もいた。「こんなことなら、さっさと告ればよかった。果歩に協力頼めばよかったー」とも言われた。それでも私は、ずっと笑顔を貼りつけたまま、「残念。ちょっと遅かったよね」と肩をすくめてみせるだけ。

苑子は、もう、私とは一緒に帰らない。登校するときだって。苑子と待ち合わせるのは、私じゃなくてハル。ハルは、苑子のために、苦手な朝を克服《こくふく》している。親や近所の大人たちに知られたくないからって、わざわざ団地の外で待ち合わせをしているらしい。

今朝。ふたりが、並んで、お互い目も合わせずに、ぎこちなく坂道を下っていく姿を見た。お互い、会話したくて、でもきっかけがつかめなくて。ハルはちらちらと苑子の顔を見やるけど、苑子は恥ずかしがってうつむいたまま。告白する勇気はあるのに、いざつき合ったら、ドキドキに飲まれそうになっているのがわかる。

ハルも。あんなに戸惑っている姿、はじめて見る。どこか照れくさそうで、くすぐったそうで。でも……、嬉《うれ》しそうだ。すごく。

小さいころから一緒にいるふたりなのに、今までとは全然違う。両想いになるって、こういうことなんだ。

ハルに苑子を取られた。恋愛なんて興味ない、わからないって、ふたりして言い合ってたのに、いつの間にか、遠くに行ってしまった。苑子も。ハルも。

私ひとり、取り残されてしまった。だからこんなに胸が軋《きし》むんだ。

私は、そう、自分に言い聞かせていた。

ガラス窓を雨のしずくが伝っている。帰りのホームルーム。期末考査一週間前、部活も休みになるから、まじめに勉強するようにと、先生が言っている。

さよならの挨拶をして、一日のカリキュラムが終わる。とたんにざわめく教室、苑子がまっすぐに私の席へ来た。

「果歩ちゃん。帰りに図書館に行って、一緒に勉強しない？」

「ハルは？」

「ハルくんも。三人で」

はにかむような笑顔。恋をして、ますます苑子は綺麗になった。

「じゃ、いい。おじゃま虫だもん」

「果歩ちゃ……」

ごめん、と、慌ててフォローする。無意識に、きつい言い方になってしまった。

「果歩っ！」

明るい大きな声が私を呼ぶ。教室後方のドアに寄りかかるようにして真紀が立っていて、目が合うと、笑顔で、私に手招きした。

「真紀ちゃんたちと約束してたんだ。ごめんね。苑子はハルとふたりで勉強でも何でもして。私に気を遣わなくて全然いいから」

咄嗟に、早口でそう言った。嫌味っぽく響かなかっただろうか。

私は自分のスクバをつかむと、真紀のもとへと駆けた。

# 六

つき合うと言っても、苑子とハルは、ただ登下校をともにするだけで、教室で話したりはしないし、放課後も、休日も、どこかへ出かけたりする様子はなかった。だけど。一卵性《いちらんせい》の姉妹みたいだった私と苑子の関係は、あきらかに、変わり始めていた。期末考査が始まり、放課後、私は学校のすぐそばにある真紀の家へ行って勉強していた。新築の一軒家で、真紀は、私が憧れている、自分だけの部屋とベッドを持っていた。

ガラスのローテーブルにお菓子を広げて、ジュースを飲みながらのおしゃべり。一応、教科書もノートも広げているけど、勉強になんて集中できるはずもない。

「夏休みまでに告白したいなー」

真紀が頬杖をついてぼやく。やっぱりみんな恋の話が好きだ。

「塩田《しおた》先輩、だっけ？　テニス部の副部長？」

「うん。めちゃくちゃかっこいいんだから。果歩も練習見においでよ」

「いいのー真紀、そんな気軽に誘ってー。果歩ちんが塩田先輩のこと好きになっちゃったらどうするの？」

森川さんが横やりを入れて、えーどうしよ、と真紀が本気で困った顔をするから、私は笑ってしまった。

「ないない。私、男子に興味ないし。恋愛にも興味ないし」

「だよねー。果歩ってさばさば系だし、そういうの、縁なさそうっていうか」

「ひどくない？」

森川さんを小突きながら、ふくれてみせる。そうか。私、さばさば系なんだ。いつの間にかできあがっていた自分のキャラを、そっと心に留め置く。

「二宮さんと正反対っていうか。どうして仲いいのか、不思議だよね」

「男子受けするもん、二宮さんって。毎朝、島本の後ろにちょこちょこくっついてくるじゃん？　男子たちがね、最近、二宮ってあんなにかわいかったっけ、とか、噂してて一。あんなあざといしぐさに騙されるんだね」

また、苑子の話。杉崎くんの一件以来、苑子は真紀たちグループに敵認定されてしまっていた。というかむしろ、絆《きずな》を深めるための生贄《いけにえ》だった。

真紀たちと一緒にいれば、必ず誰かが苑子の悪口を言い出すことを、私だってわかっていた。

「果歩もほんとは、嫌いなんでしょ？」

ズバッと、直球が飛んでくる。

ハルとふたりで坂道を歩く、苑子の後ろ姿。好きなんでしょ、と聞いたときに、ぎこちなくうなずいたハルの、赤い首筋。ふいに蘇って、息が、止まりそうになって。

「我慢して、二宮さんと一緒にいたんでしょ？」

たたみかけられて。気づいたら、私は。こくりと、うなずいていた。

「だよねーっ。そうだと思ってたー」

真紀たちのはしゃぎ声が、どんどん遠くなっていく。

見えない水の粒子《りゅうし》が空気中に充満していて。じっとりと蒸し暑くて、息がしづらくて、苦しかった。

十三歳の、六月。


「今日、新月だね」

苑子がつぶやいて、我に返る。お昼休みの教室、私たちは、五時間目の社会のテストに備えるべく、教科書やノートをひたすら読み返していた。

「そうなの？」

ノートを見つめたまま、気のない返事をする。新月だろうが満月だろうが関係ない。毎日空は厚い雲に覆われているから、どうせ月など見えない。

「また、弟に会いたいの？」

「そういうわけじゃないけど」

ハルと三人でほたる池へ行った夜。考えてみれば、不思議な夜だった。まだ四月だったのに、ほたるが無数に飛び交っていた。

結局あのとき、苑子は、何かを見たのだろうか。苑子の様子に、ちょっと引っ掛かるものを感じていたのを思い出した。確か、「ほたるの声が聞こえた……」とか何とか言っていたような。

ほたるの声……？

「どうしたの？　果歩ちゃん」

「え、あ。うん。何でもない」

今日の苑子は長い髪を耳の下でふたつにくくっている。思わず触れてしまいたくなるほど艶やかで、梅雨《つゆ》時の湿気にもかかわらず、さらりとまとまっている。

誘導尋問だったとはいえ、苑子のことを嫌いだと認めてしまったというのに。私は、何食わぬ顔をして、「親友」を続けている。

「また、ああいう冒険、したいなって。深夜にこっそり抜け出して。楽しかったよね」

苑子はどこか夢見心地だ。

「私はもう勘弁《かんべん》。あのあと、千尋さんに見つかって、大変だったんだから」

つき合ってるって誤解されて。

飲み込んだ言葉が、自分の中に重く沈んでいく。

もしも。もしも、あじさい団地に、苑子がいなかったら。ハルの幼馴染が、私だけだったら。

一瞬よぎった考えを、私は、全力で振り払った。ありえない。

もし苑子がいなくても、きっとハルは、私には目もくれない。

「ハルくんね」

苑子のつぶやきで、顔を上げる。苑子が口にする「ハルくん」は、昔より、甘さを含んでいる。

「今日、一緒に帰れないみたい。生物部の友達に、一緒に勉強しようって誘われたって」

「苑子も仲間に入れてもらえば？」

苑子は、とんでもない、と、首を横に振った。

「ハルくんもそう言ってくれたんだけど。男子ばっかりだし、私、打ち解ける自信ないから断ったの」

——だったら、一緒に帰る？　ひさしぶりに。

私がそう言うのを、苑子はきっと、待ってる。だけど私は。

「そっか。でも私、今日も真紀ちゃんたちと約束しちゃって」

ふたたびノートに目を落とした。

「ふうん……。最近、仲、いいんだね」

「ん。そうでもないけど？　でも、期末終わったらテニス部入らないかって、誘われてはいる」

「入るの？」

「わかんない。運動嫌いだし。でも、放課後、何もやることないよりマシかも」

苑子をちらりと見やると、キュッと口を引き結んで、硬い顔をしていた。あてつけみたいな言い方になってしまったかもしれない。だけど、そんなことをいちいち気にしていたら、何も話せなくなってしまう気もした。

苦しかった。

毎日、毎日。ハルの背中が視界に入る。どうしてこんな席になってしまったんだろう。

テストにも、まったく集中できなかった。とにかく、ひたすらに空欄を埋めていくのみで。

何とかテストをやり過ごし、ホームルームも終わり、帰り支度をしていると、私の席へ苑子が来た。一緒に帰れないって言ったのに。先約があるって言ったのに。なのに苑子は、何か言いたげにしている。遠慮がちに。今まで私には見せたことのない、どこかおびえた目をして。

「何？」

いつまでも切り出そうとしない苑子に、つい、苛立《いらだ》った声が出てしまう。言いたいことがあるならはっきり口に出せばいいのに。

「果歩ちゃん。もしかして、私のこと……。嫌いに、なった？」

「……どうして」

「私といるより、真紀ちゃんたちといる方が楽しいのかな、って」

私は荷物を詰め込んだスクバをつかむと、立ち上がった。

「苑子以外の友達と仲よくしちゃいけないの？」

「そうじゃない。そうじゃない、けど」

ぶんぶんと首を横に振る苑子は、今にも泣き出しそうで。ああ、これじゃ。まるで私がいじめてるみたいだ。

——ねえ、苑子。私はそんなに悪いことをしているの？

「はっきり言うけど」

苑子の目を。綺麗なアーモンド形の、澄んだ、だけど今は不安の色に染まっている、その目を、私はまっすぐに見つめ返した。

「そういうの、もう嫌なんだ。いつまでも、苑子に縛られていたくない」

言い捨てる。

呆然《ぼうぜん》とした苑子の顔は血の気を失って、雪のように白い。

逃げるように、教室を出る。階段を駆け下りて下駄箱へ行くと、真紀たちが待っていた。


私に突き放された苑子の、白い、顔。私が傷つけた。

嫌いになったわけじゃない。嫉妬《しっと》していただけだ。

そんなシンプルなことを、どうして認められなかったんだろう。ハルに苑子を取られて拗ねていたわけじゃない。——逆だ。

夕暮れ近く。真紀の家を出て、傘を広げる。細い雨が降っていた。針のような雨。

みんなと別れて、団地まで続く細い坂道を上る。オガワのベンチが雨に濡れていた。

どこかで、救急車のサイレンの音が鳴っている。


団地のあじさいが細い雨を浴びて艶めいていた。まっすぐ家に帰らず、私は、しゃがみ込んで、ずっとずっと見ていた。

はじめての恋は苦くて、親友に嫉妬する自分のことが許せなくて、だけど前みたいに、苑子のとなりで無邪気に笑うことなんてできそうになくて。紫がかった青の、可憐な花たちを、ただ、見ていた。

苑子が好きな青。鮮やかな傘が開いて、そして。

弾《はじ》き飛ばされて、濡れた路面を、転がっていく。

一瞬。脳裏に広がったイメージ。ぶるりと、寒気がした。雨のせいでからだが冷えたんだろう。風邪を引きかけているのかもしれない。

家に帰って着がえて、ホットミルクを飲んで、タオルケットを引っ張り出してくるまり、ソファで丸くなった。家の中は暗かったけど、雨のせいで時間の感覚がない。私はいつの間にか、うとうとと、眠りかけていた。

玄関のドアが開く音で目が覚めた。明かりがともされる。近づく足音。

「果歩。果歩、いるの？」

帰ってきたお母さんは、どこかふらふらしていて、零《こぼ》れ落ちた後《おく》れ毛のせいか、疲れているように見えた。寝ている私を叱ることもせず、そばにしゃがんだ。

「落ち着いて聞いて」

ぎゅっ、と。私の手を握る。

「苑子ちゃんが事故に遭った。学校帰りに、車に……。病院に運ばれた、って」

がつんと、頭を殴られたような衝撃。事故……。

跳ね上がる傘、跳ね上がる苑子の、細いからだ。がちがちと歯が鳴る。お母さんは私を抱きしめた。

「苑子、大丈夫なの……？」

ようやっと、そう聞いたけど。お母さんは何も答えなかった。

苑子の容態《ようだい》は何もわからないまま、一睡もできず、長い長い夜が明けて、家の電話が、鳴った。

苑子が息を引き取ったと。電話を切ったお母さんが、静かに告げた。お通夜《つや》もお葬式も、行けるね？　一緒に、ちゃんとお別れをしようね、と。話すお母さんの顔は血の気がなくて。声も、震えていた。

――お通夜。お別れ。亡くなった。苑子、が？　本当に、苑子が？

ふらふらと、外へ出る。

雨はもう上がっていた。花開いたあじさいも。けやきの梢も。たくさんのしずくをまとって、日差しを跳ね返してきらめいていた。

まったく現実感がなかった。

学校で。担任の先生が苑子の死を告げて。緊急全校集会が開かれて、命の大切さを説かれた。事故現場は私たちがいつも通学に使うルートではない、団地とは違う方向へ上ったところにある、お寺の近くの交差点で。青信号で横断歩道を渡っていた苑子に、ハンドル操作を誤った乗用車がつっ込んだのだと。知らされた。

どうしてそんな場所に。

私のせいだ。私があんなことを言ったから。だから、ひとりで。まっすぐ帰らずに、ふらふらと歩き回っていたのだ。

もしも私が一緒にいたら。一緒に帰ってさえいれば。苑子の運命は、違っていた。こんなことにはならなかった。なのに。

私が最後に、苑子に放った言葉。

——そういうの、もう嫌なんだ。いつまでも、苑子に縛られていたくない。

消したい。消したい消したい消したい。

だけど。

どんなに悔やんでも、時は巻き戻らない。苑子はもう、二度と、帰ってこない。

# 十七歳

# 一

また、あの夢を見た。

頭が鈍《にぶ》く痛む。ゆらりと洗面所へ向かい、蛇口《じゃぐち》をひねる。勢いよく流れる水は、冷たい。昨日の朝より、冷たい気がする。空気も。薄《うす》い肌掛けだけだと、寒いぐらいだ。

顔を洗う。何度も。洗って、ふかふかのタオルで包み込むようにして水を拭き取る。柔軟剤の香りを吸い込んで、顔を上げると。十七歳の私が、鏡に映った。

大きくもなく小さくもない、奥二重《おくぶたえ》の目。太すぎず細すぎず、なだらかなアーチを描く眉。平凡で、ありふれた顔。

お、は、よ、う。

ゆっくりと、大きく、口を動かす。おはよう、私。

また、朝が来た。私にはきちんと朝が来る。陽は昇り、私の時は進む。

目の奥で、まだ、夢の残像——鮮やかな青が、チカチカまたたいている。

歯を磨き、髪をとかす。ようやく肩に届くぐらいの、ストレートのセミロング。一度だって染めたことはないのに、色素がうすいのか、陽に透かすと茶色っぽく見える。

いったん自室に戻って制服を着て、ダイニングでトーストとインスタントのスープだけの朝食をとっていると、皿の横に、サラダの小鉢とカフェオレのマグが、とん、と置かれた。

「誕生日おめでと」

母が、にっと笑った。ん、と私が短く答えるのを確認すると、母は自分のバッグをつかんで慌ただしく出ていった。父はとっくに出勤している。県外の大学に進学した姉は、卒業と同時に家を出てひとり暮らしをしている。

冷凍食品のミニカップをレンジに放り込む。弁当箱にごはんを適当に詰め、空いたスペースに母が用意してくれていた卵焼きとウインナー、レンジから取り出した冷食を詰めた。

さっと食器をすすいで水に漬け、包んだ弁当箱をスクバに入れる。身支度をして、家を出る。空気はさらりと澄んで、ハッカ飴《あめ》のようにすうっと涼しい。

今日から、十月だ。

団地の駐輪場に行くと、ハルがいた。自分の自転車のそばにかがみ込んでいる。何か落としたのだろうか。

「……おはよ」

丸まったハルの背中の後ろから、ぼそりとつぶやくと、ハルはゆっくりと立ち上がって私を見下ろした。スポーツもしないくせに無駄に背が高い。昔は私より少し高いぐらいだったのに、あっという間にぐんぐん伸びて、今では、となりで見上げていると首が痛くなってしまうほどだ。

ハルにも、時は流れている。細胞《さいぼう》は日々分裂して、骨も伸びていく。

高校のブレザーに身を包んだ、すらりとした後ろ姿を見るたびに、私は、少し寂しいような、心もとない気持ちになる。小さいころから知っているハルが消えて、かわりに誰か知らない男のひとが現れたような、そんな錯覚を覚えて。

だけどハルは、振り返って私に気づくと、いつだって、昔と同じ、いたずらっぽい笑顔で、「何だよ、果歩」と言うのだ。

今だって。ハルは、ふわりとやわらかい笑みを浮かべた。

「おはよ、果歩」

私に挨拶を返すと、ハルは、ブレザーのポケットから伸びたイヤホンを耳に挿した。ポケットに手をつっ込んだときに小銭の擦れる音がした。さっき拾っていたのはこれだろう。

ハルはもともとすっきりした顔立ちで、ひそかに人気があったのだけど、背が伸びて幼さが消えたことでますます女子の目を引くようになった。だけど、小銭をポケットに入れっぱなしにする子どもみたいな癖は相変わらずだ。

私はハルのイヤホンを引っ張った。

「チャリ運転しながら聴くのやめなよ。危ないから。もし……」

もし、の続きを。私は飲み込んだ。

ハルは一瞬息を飲んで、そして、黙って、もう片方のイヤホンも耳から抜いた。

私たち。きっと、同じことを連想していた。

私は黙って自分の自転車に荷物を載せた。かたん、と、スタンドを跳ね起こす。

市の中心部にある高校へは、自転車で通っている。そこそこの進学校だ。できるだけ団地から近い、普通科のある公立高校を選んで受験した。私大へ行った姉の学費と仕送りで両親はいっぱいいっぱいだから、授業料も交通費も安く抑えたかった。

ハルも似たような理由でうちの高校を受け、入学し、クラスまで同じだ。二年になって文理別になったから、同じ理系で成績も近い私とハルが同じクラスになるのは、自然なことではある。

私はハルを置いて、先に自転車を漕《こ》ぎ出した。のに、

「果歩」

後ろからハルの声が追いかけてくる。私はキュッとブレーキを掛けた。ハルはすぐに追いついて私のとなりに並んだ。

「何？」

「いや。その……、今日から十月だろ？」

「うん。そうだけど」

「果歩、誕生日だったなって」

……覚えて、いたんだ。

「おめでと」

どういう顔をしていいのかわからなくて、私は固まった。

ちゃんと喜んでいいんだよと、三年前の秋に、千尋さん——ハルのお母さんに、言われた。苑子ちゃんが亡くなってしまったのは悲しいことだし、どうしようもないことだけど、晴海や果歩ちゃんは、これからも、楽しいことは楽しむべきだし、おめでたいことは祝うべきなんだ、と。それとこれとは別なんだよ、と。

「果歩」

ハルがハンドルから手を放して、私の腕をぽんと叩く。とたんに、催眠術《さいみんじゅつ》が解けるみたいに、すっと、私のからだの強張《こわば》りが消えた。

「……ん。ありがとう」

素直にそう答えると、ハルはほっとしたように笑って、

「じゃ、また。教室でな」

と、ふたたび自転車を漕ぎ出した。その姿が見えなくなってから、ようやっと、私も自転車のペダルを踏む。

団地の敷地を出て、ブレーキレバーを握りしめながら、細い坂道を下っていく。すこんと青い空に、うすくひつじ雲が広がっている。流れゆく景色の中、ほのかに、金木犀《きんもくせい》の甘い香りが混じっていた。

二年七組の教室は喧噪《けんそう》を極めていた。ドアを開けて足を踏み入れた瞬間、男子たちのわけのわからない雄たけびと、食べ物のにおいと（朝から放課後まで、とにかく誰かが何かを食べているのだ）、狭山亜美《さやまあみ》の、キーの高い「おはよーっ！」の声が一緒くたになって私を飲み込んだ。

からだは小さいのに声だけは大きい亜美は、満面の笑みを浮かべて駆け寄ってくると、私の頭を、ぐしゃぐしゃと撫で回した。飼い犬にするみたいな。ずいぶん雑なかわいがり方ではあるけど。

「おはよ亜美」

乱れてしまった髪を撫でつけながら告げると、亜美は、小鼻をふくらませて「むふっ」と笑って、

「ハッピーバースデー果歩、これあげるっ！」

と、小さな紙袋を私に押しつけた。

「えっ……。これ、私に？」

「あたり前じゃん」

亜美は「何言ってんの？」と言いたげに、小首をかしげて、くすりと笑った。

「ありがとう」

まさかプレゼントをもらえるなんて思わなかった。

「ねえ開けて？　開けてみてよ」

「うん。でも、その前に、自分の席に行ってもいい？　カバンを置いてこなきゃ」

そう言うと、亜美は「いっけね」と舌を出した。

「待ちきれなくてさ。一分一秒でも早く渡したくて」

「亜美って、行列のできる店に並ぶとか無理なタイプだよね、どんなに美味《おい》しくても」

「うんうん」

「あと、隠し事もできない」

「うん。もー耐えられなくなっちゃう。しんどくって」

「じゃ、亜美には絶対秘密は打ち明けないことにする」

「えーっ」

リアクションが大きくて、くるくると表情が変わる。小型犬みたいに屈託《くったく》がなくて人懐こい。栗色がかったショートカット、華奢で小柄で、制服はゆるく着崩し、スカートは短くてひざ小僧《こぞう》がまるまる出ている。高校に入学してできた、最初の友達だ。

私なんかのどこがいいのかわからないけど、何かと構ってくれる。明るくて裏表のない子。

自分の席で、ドキドキしながら、亜美にもらった包みを開く。

リップ。グロス。マスカラに、ビューラー。

「十七なんだし、果歩もちょっとはこういうのに目覚めてもいーんじゃないって思って。プチプラブランドばっかで申しわけないけど」

亜美は私の机の真横にしゃがんで、私の顔をのぞき込んだ。

「ありがとう。でも、私」

「やったげよっか。メイク」

「えっ……」

にいっと笑うと、亜美は立ち上がり、私の腕を引いた。私は引きずられるようにして女子トイレに連行されてしまった。

自分が、自分じゃないみたいだ。

トイレから戻ったあとも、手鏡をのぞいて、いちいち確認せずにはいられない。どうにも落ち着かなくて、すべてを拭き取ってしまいたい衝動にかられる。

「大丈夫だって、かわいいから」

亜美は私の肩を叩くと、足取りも軽やかに、自分の席に戻っていった。

うっすらとファンデを塗られた肌はいつもより滑《なめ》らかで、くちびるはほんのり色づき、まつ毛もくるんと上を向いている。

チャイムが鳴って、担任が教室へ入ってきた。出欠をとるとき、私の顔をちらりと見たけど、別に何も言われなかった。気づかれなかったのかもしれない。

亜美は、ごく軽いメイクを施したらしい。経験から、ここまではオッケーというラインを心得ているみたいだ。

亜美だけじゃない、女子のほとんどが、日々、こういう技を磨いているらしかった。通っているのはまじめな生徒ばかりとまわりに思われている、半端な進学校で。それでも、少しでも綺麗であろうとして、だけど決して浮かないように、眉をひそめられないように、微妙なさじ加減を探っている。

私はそういうものとは無縁でいたかった。なのに。

——本当に、かわいいんだろうか。

薄づきのファンデの乗った肌を、指先でなぞる。ほんの少しのメイクで高揚《こうよう》してしまう自分も、確かにいて。だから落ち着かない。

「……今日までだから、まだのひとは、今、提出すること」

担任の声で我に返る。となりの席の子に聞くと、「進路希望調査」と、小声でこっそり教えてくれた。

進路希望調査票。私の希望進路は去年から変更なし。配られたその日のうちに書いて出していたから関係ない。進学希望か、就職希望か。進学なら、国公立大か、私大か、短大か。専門学校か。志望校はどこか。最終的にどういう職を目指すのかを書く欄も設けられていた。具体的に決まっていない者は、ざっくりした希望だけでもいいから書くようにと念を押されていた。

あと二年もしないうちに、私は卒業して、この町を出る。きっと、ハルも。

そっと、目を伏せた。ハルの進路なんて知らないし、聞くつもりもない。だけど、きっと。

慌ただしくホームルームが終わり、私はすぐさま、次の授業のノートを開く。予習した箇所のチェックをするためだ。もともと理数科目が苦手だったくせに理系に進んでしまったから、ついていくのがやっとだ。

――教えるけど？　数学。

何度か、ハルは私にそう言った。

最初は、中学のころ。赤点ばかりだった私を見かねて。私は、塾の先生に聞くからいい、とつっぱねた。誘われていた部活を始めることはせず、かわりに、二年の夏休みから塾に通い出していた。家にも学校にもいたくなかったのだ。

高校生になってからは、全教科、ぐんと難易度が上がり、毎日の予習復習は必須で、とくに数学と化学は、授業内容がなかなか理解できずに、振り落とされてしまわないようについていくのが精一杯だった。だけど、ハルにだけは、頼るわけにはいかないと思った。

ハルは教室の、窓側、一番後ろの席にいる。背が高いから、席替えのくじを引いても、結局は後ろの席へと追いやられてしまうのだ。

私は大体いつも、前から二番目あたりの席になる。だからもう、ハルが私の視界に入ってくることはない。

二年七組は、男子が多い。男女比は、七対三くらいだ。

一緒に行動する女子の友達は、亜美をはじめ、違う中学出身者ばかり。いろんな事情を知らない子と過ごす方が楽だった。

中学時代。あのころ苑子の悪口を言いまくっていた真紀たちとは、お互いやんわりと距離を置くようになった。真紀たちだって気まずいのだ。いくら嫌っていたとはいえ、まさか亡くなってしまうなんて、ショックだったと思う。他の友だちも――、あれ以来、私に対して、一枚、うすい膜《まく》を隔てたような接し方をするようになってしまった。

優しさの、膜。

苑子と姉妹のように育って、いつも一緒にいた私の。まだかさぶたのできていない傷に、うっかり触れてはいけないと、気遣ってくれていた。

勉強も通学距離もきつくはなったけれど、高校に入学して、少しだけ呼吸が楽になった。

楽になりたいと無意識に願っていた自分を、私は、嫌悪している。

昼休みになった。五限目のリーダーの教師は、いつも出席番号順で指名していく。今日あたり、指されそうだ。ノートを開いて、英語が得意な亜美のノートとつき合わせて訳の間違いをつぶしていると。

「島本ー。島本、いるかー?」

担任が教室に入ってきた。ハルが何かやらかしたのだろうか。知りませーん、と、教室にいた男子たちが答える。

「しょうがないなー。放送かけるか」

先生のぼやきが聞こえる。私はため息をついて、ノートを閉じた。立ち上がり、出ていこうとした先生を呼び止めた。

「私、呼んできます」

ハルのいるところなど、あそこに決まっている。

教室を出て階段を下り、靴を履きかえた。コの字型になった校舎の真ん中にある、中庭、その端に銀杏《いちょう》の木がある。校舎ができる前からこの土地に生えていたらしい銀杏の木は、それなりに大きくて、秋になると黄金《こがね》色の葉が舞い落ちて、芝生の上に降り積もる。今はまだ色づき始めた程度だけど、陽に照らされると明るく光って見えた。

ハルは銀杏の下のベンチで眠りこけている。雨風にさらされて変色してぼろぼろになったせいで誰も座ろうとしないのをいいことに、ハルはここを勝手に自分のスペースにしている。

ベンチに仰向けになって、開いた漫画本を顔に伏せて置き、すうすうと寝息を立てる、ハル。長い足はベンチから大きくはみ出していた。とてもじゃないけどリラックスできる体勢とは言い難い。よく熟睡できるよね、と感心してしまう。

それだけ、疲れているのかもしれないけど。

「ハル」

起きない。

「ハル！」

耳を思いきり引っ張り上げると、さすがに目を開けて、いててて、と身を起こした。

「なんだよ、果歩かよ」

不機嫌な声。私はこれ見よがしにため息をついてみせた。

「田辺《たなべ》先生が探してた」

「俺、何かしたっけ？」

「進路希望調査票。白紙で提出してたんでしょ。先生に聞いたよ」

一年のときだって、進路調査も面談もあったのに、ハルはどうしていたんだろう。

千尋さんはノータッチなんだろうか。

「果歩は、ちゃんと書いたわけ？」

「ま、一応ね」

ふうん、と、ハルは、気のない答えを返して、そのあといきなり顔をしかめた。

「どしたの？」

「いや。ちょっと首がちくっと……。やべ、蟻《あり》だ。噛《か》まれた」

ハルは首筋を掻いた。そのせいで、太くて筋張った首が赤く染まって、私は思わず目をそらす。

「蟻って。今噛んだ俺のこと、ちゃんと認識できてないよな」

「は？」

「いや。蟻は小さいだろ？　だから、俺の全体像は把握できない。あまりに小さすぎて、壁か何かだと思っているだけだろうな、って」

「……はあ」

「人間もそうだよな、蟻みたいなもんだ。思考する蟻」

何を言っているんだろう。ハルは昔から、いきなり、そういう突拍子もないことを語り出すことがある。

「小さいんだよ、小さすぎて、自分たちの外側にある壁がなんなのか認識できない。たとえば宇宙とか時間とか、運命とか、そういうの。でかすぎてさ。一生懸命考えるけど、本当の姿にはたどり着けない」

「……進路希望調査票」

「わかんねーことだらけだ」

「進路、希望、調査票。ちゃんと書けって、先生が」

「頭がおかしくなりそうだ。何で、どうして、って、ずっと考えてて」

「とりあえず今から職員室に来いって言ってた、時間ないから急いで行きなよ」

「果歩は、看護師になんの？」

不意打ちに、え、と、私は言葉を詰まらせた。

「仕事きついって言ってるけど、うちの母親」

「ていうか何で知ってんの？」

私が看護師になると決めていることを。

その問いを、ハルはさらりと無視した。

「時間は不規則だし、精神的にも、肉体的にも、きついって。若いときは乗り切れたけど、最近はからだがついていかない、きついってやたら言ってる」

「きつくない仕事なんてないでしょ」

「いや、それはそうだけど。きついからやめとけって言ってるわけじゃない、けど」

誰にも言ったことはないが、看護師に憧れているのは、千尋さんの影響だ。暗い淵《ふち》に沈んでいた私を、いったん、岸まで引っ張り上げてくれたひと。私は彼女を目標とすることで、とりあえず、先に進む力を得た。

「いいじゃん。私が何を目指そうがハルには関係ないし」

「関係なくない。おまえ、やっていけんの？」

「やっていけると思う。私、誰かの役に立ちたい。誰かの命を救う手伝いをしたい」

せめて、せめて。苑子を助けられないのなら、せめて、他の、たくさんの病めるひとを。

「救えればいいけど。救えないことだってあるだろ？　……ひとが死ぬとこ、たくさん、立ち会うんだよ。耐えられんの？」

まだ青いままの銀杏の葉が、一枚、ひらりと落ちてくる。蝶《ちょう》のように。

ひとが死ぬ。ハルがその言葉を口にした刹那《せつな》、心臓が氷で撫でられた。三年前のあの日から、私たちは、ナーバスになりすぎている。いい加減、強くならなくてはいけない。

「耐えられるよ、きっと」

ハルが、何かを言おうと口を開きかけたけど、さえぎるように、私は続けた。

「私、苑子の分も生きなきゃいけないから。ちゃんと、生きなきゃいけないから」

たくさんのひとに言われた。苑子の葬儀《そうぎ》のあと、苑子の両親にも、うちの両親にも、当時の担任にも、団地の大人たちにも、異口同音《いくどうおん》に。苑子ちゃんの分も、しっかり生きるんだよ、と。

だけどハルは。

「誰かの分も生きるとか、そういうの、好きじゃない」

吐き捨てるように、言った。

「苑子が言ってた。生まれてこなかった弟の分もしっかり生きてねって、親にいつも言われてた、って。それがしんどくなることがあった、って。生きてるだけでいいんだよ、何かを背負うことなんかないよ、果歩だって」

苑子が抱えていたもの。生まれてこなかった弟が、苑子に負わせたもの。親友の私には、ひと言もそんなことは言っていなかった。でも、ハルには。

弱くてやわらかい、〝本当の自分〟を、見せていたのだ。

乾いた風が吹く。どこで咲いているのか、金木犀の甘い香りがふわりと広がり、私にまとわりついた。毒のように私の中を回っていく。

絆、と言ってよいのか。ハルと苑子をつなぐもの。わかり合っていた、分かち合えていたふたり。私のいないところで、ふたりで。

「よっ」と、ハルはベンチから立ち上がった。一気に、私の目線が上がる。

「今から行く。先生のとこ」

ハルは私の横をすり抜けた。

「俺だって、何も考えてないわけじゃないんだよ」

すっ、とまっすぐに伸びた大きな背中が、ゆっくりと歩き出す。

「果歩」

ふいに、振り返る、ハル。その目が、細く、笑んでいる。

「何かあったの?」

「……何で?」

「や。なんか、いつもと違うっつーか。塗ってんだろ、顔」

「何それ。ペンキみたいな言い方しないでよ」

そういえば、亜美に化粧をされていたのだった。恥ずかしさで顔に一気に血が昇る。

くくくっ、と、からだをふたつに折り曲げて、おかしそうにハルは笑う。

「ごめん、似合うって」

「もう！　ばかにしてるんでしょ？」

「してねーよ。似合うって」

私はハルから目をそらし、銀杏の木の幹をにらみつけた。そのまま、ハルが立ち去って、その気配が消えるのを、じっと、待っていた。

未だに、未だに。

毒のように。ゆっくりとからだじゅうを回っていく。

金木犀の香り。

二

放課後の調理室には甘いにおいが満ちている。バター、卵、砂糖、それから、少しのバニラ・エッセンス。

「混ぜすぎだ、沢口。もっと手早く、さっくり混ぜろ」

元部長の戸田理一《とだりいち》先輩が、冷たい声を私に投げる。

「頭ではわかってるんですけど。そもそも、さっくり、って、どうやるんですか」

お菓子づくりの本には必ずと言っていいほど登場するセンテンス、「さっくりと混ぜる」。料理のセンスが皆無な私にはイメージすることすら難しい。

貸せ、と、先輩は私からボウルを奪った。

「いいか。切るように、底から、こう。……ああ、これはだめだ。もう手遅れだ」

ふちなしの眼鏡の奥の、切れ長の目が、あきらかに落胆している。理一先輩は大きな水玉模様のエプロンをしているけど、まったく似合わない。むしろ、白衣が似合いそうな雰囲気がある。

「混ぜすぎると粘りが出てしまうんだ、グルテンの作用で。スイーツには致命的だ。スポンジはふんわり仕上がらないし、クッキーにおいては、さくっとした食感が失われてしまう」

スイーツ、という単語が浮いている。理一先輩には、もっとこう、固い言葉が似つかわしい。たとえば、過酸化水素水《かさんかすいそすい》、とか、マイコプラズマ、とか、そういう無機質なイメージの単語。

私は、先輩に「手遅れ」と言われた生地をまとめてラップに包んだ。いったん、冷蔵庫で寝かせる。その間に調理器具を洗う。

料理部の部員は十名ぐらいだったと思うけれど、週三の活動でも、全員揃うことは滅多にない。今日は五人だから、二人と三人に別れてクッキーを作っている。私には、指導だと言って、理一先輩が付いた。顧問の先生はいつもとなりの家庭科準備室で自分の仕事をしていて、ときおり、見回りにくる。

苦手なはずの料理部に、亜美に誘われるがままに入ってしまった。ずるずると、もう一年も続けているのに、まったく上達しない。

ただでさえ失敗してばかりなのに、先輩が無表情でちくちくだめ出しをしてくるから、萎縮《いしゅく》した私はミスを連発してしまった。バターと卵が分離したり、砂糖の分量を間違えたり、ふるった粉がボウルから大量にはみ出して調理台が真っ白になったり。

すらりと背が高く、細面《ほそおもて》で、すっきりした目鼻立ちにさらりとそよぐ栗色がかった髪、そして眼鏡。滅多に笑わないところがクールでかっこいいとか、一部の女子には人気があるらしいけど、すごく几帳面《きちょうめん》で、大ざっぱな性格の私は、はっきり言って苦手だ。

そもそも。三年生は受験に専念するために夏に引退するという部がほとんどで、うちもそれに習って、一応、三年の活動は夏まで、ということになっているのだ。だけど、理一先輩は相変わらずちょこちょこ顔を出す。多分文化祭も参加することになると思う。

粉を振った調理台に寝かせた生地を乗せ、麺棒《めんぼう》で伸ばす。

「厚みが均一になるように。そうしないと、焼きむらができるからな」

わかってますと答えた。わかっているけど不器用すぎて生地はぼこぼこ、嫌になってしまう。理一先輩がため息をついた。

燃えるような赤が風にそよいでいる。彼岸花《ひがんばな》だ。毎年毎年、忍び寄った秋の空気が夏のそれと入れ替わる頃合いに現れる、不思議な花。

息吹が丘公園のぐるりや、植込みの際に、にゅっと伸びた茎が現れて花をつけている。茎だけで葉がどこにも見当たらないことも、考えてみれば、奇妙だ。

子どものころ、彼岸花を手折《たお》った苑子の指が、真っ赤にかぶれたことを思い出す。一緒に摘んだ私は平気だった。苑子の指にだけ、彼岸花の汁が触れてしまったのだろう。

――苑子だけが。

クッキーを口に放る。まずい。固いし、もそもそしてるし、焦《こ》げているところもあるし。何より全然甘くない。何とか咀嚼《そしゃく》し、ペットボトルのお茶で流し込んだ。

部活を終えて、家へ帰る途中。公園のベンチでひとり、クッキーを食べている。小学生たちがサッカーボールを追い回していて、そこここで土埃《つちぼこり》が舞っていた。

調理室にて。焼き上がったクッキーを口にしたとたん、理一先輩は真顔で黙り込んでしまった。亜美たちの班が作ったものばかりが減って、私たちのクッキーには誰も手をつけない。捨てるわけにもいかないし、失敗したのは私のせいだから、責任を持って引き取った。いったいぜんたい、どうして私は料理部などに入っているのだろう。

五時を知らせる鐘が鳴る。『七つの子』のメロディ。空は朱《しゅ》に染まっている。最近、陽が落ちるのが早くなったなと思う。

夕飯前なのに、もうおなかがいっぱいになってしまった。持って帰ったところで家族は誰も食べないし、食後のデザートにするにはあまりにもな出来だ。空腹という名の調味料を振り掛けねば、処理できそうもない。

処理。

食べ物に対して、嫌な言い方をしてしまったと、少し落ち込んだ。だけど、何も受けつけなかった、無理して食べても吐いてしまっていた、あのころに比べれば、まだましになった。

——次の新月はいつだろう。

ベンチから立ち上がった私の視界に、神社の森が入り込む。染まりゆく空の中、黒々としたシルエットになっていく。

三年前の春。あのとき苑子は、弟の存在を感じていたんじゃないだろうか。ほたるの声が聞こえたと、言っていた。

きっと苑子は、私とハルには聞こえなかった声を聞き、見えなかったものを見ていた。

苑子が弟に会えたのなら、私やハルに苑子が見えても、おかしくはないはずなのに。

苑子が死んだあと、何度もほたる池に行った。月のない、真夜中の森へ。ひとりで家を出ても、毎回、ハルに出くわした。団地の敷地で、この公園で、神社へ続く石段で。

暗闇の中、ひとのかたちをした影ががさりと音を立てて。震えながら懐中電灯のか弱い光を当てたら、ハルがいた。ハルも私も、かすかな望みにすがらずにはいられなかった。苑子の面影を探さずにはいられなかった。

毎月のように森へ行っていたのに、半年ほど経ったとき、母にばれて、止められた。泣きながら、どこにも行くなと、私を抱きしめた母。

疲れ果てて、やめどきを探っているころだった。本当は、苑子に会えないことはわかっていた。自分のためだった。苑子のために何かを続けて、それで、……赦《ゆる》されたいと、願っていた。

団地の敷地にも、彼岸花が咲いている。

初夏のころはあじさいの青。秋のはじめは、彼岸花の赤。

夕餉《ゆうげ》のにおいが漂い始める午後六時。住棟《じゅうとう》の窓に、ちらほらと明かりがつき始める。

A棟の三〇八にも、もう明かりがともっている。かつて苑子一家が住んでいた部屋。

今は、若い夫婦が入居している。この間、奥さんが赤ちゃんをベビーカーに乗せて散歩しているのを見た。いつ生まれたのだろう。

葬儀のときは気丈に振る舞っていた苑子のお母さんは、その後、みるみるうちに痩《や》せていって、青い顔をして、深夜にふらふらとさまようようになっていた。新月の夜、ばったり会ったことがある。「あら果歩ちゃん」と話しかけられたけど、その目は、私を通り越して、どこか遠くを見つめていた。

不運のあとには幸運が来ると、不運も幸運も皆、最初から同じ数だけ持っていると、苑子は言っていたけれど。それは違うと、私は今、はっきりと言える。

自分の子どもを、二度も失うなんて。

まるで、狙い撃ちされているみたいで。

葬儀から三か月後、苑子の両親はひっそりと団地を去った。苑子の祖父母が住んでいて、苑子のお墓のある、海辺の街へ、引っ越していったのだ。

いつか苑子がくれたシー・グラスを、私は今も大切に持っている。彼女が、あのみずいろのかけらを拾った砂浜のある街。そこで苑子は眠っている。一緒に行く約束をしていた、海。

あんなことがなければ。あのままふたりで夏を迎えていたら。

E棟の階段を上っていく。ハルの家の窓は暗かった。千尋さんは仕事だし、ハルもまだバイトから帰ってきていないのだろう。

差し込む朱《あか》い陽に照らされる。五階通路から空を見ると、丸い陽を射るように、飛行機雲が伸びている。明日は降るかもしれない。

鍵を回し、ドアを開ける。

誰もいない。両親の帰りが遅いときは、何も言われなくとも、夕食は私が作ることになっていた。せっかく料理部に入ったことだし、何か役に立つことをしないと。

着がえて、手を洗って。エプロンをつけて、冷蔵庫を物色する。

「たまご。鶏肉。……親子丼、かな。あとは、残り野菜でサラダぐらいなら」

限られた食材から、簡単なメニューなら思い浮かぶようになった。美味しく作れるかどうかは、また別の話だけど。

しなびたレタスの、傷んだ葉をむいて、水道の蛇口をひねる。水が、勢いよく流れ出す。

――果歩ちゃん、ちゃんと食べてる?

ふいに耳の奥に蘇る、千尋さんの声。自分の親の前では固く扉を閉ざしていたのに、千尋さんの前では、私は。堰《せき》を切ったように流れ出した涙を、止めることもしなかった。

冬休み、最初の日だった。ちょうど仕事が休みだからと、私を家に招いてくれた。

ハルがいるなら行くわけにいかないと、いったんは断ったのだけど、千尋さんが、どうしてもと粘ったのだ。私が果歩ちゃんに会いたいんだよ、と。

親子丼を作ることになって、私は千尋さんを手伝った。ハルがスーパーへおつかいに出されて、ふたりきりになったタイミングで、千尋さんは言った。

「晴海ね。夜、眠れないみたい。こっそり家を抜け出して、外をふらふらしてるみたいで。私が家にいるときは、すぐに戻ってくるけど。夜勤のときとか、どうしてるんだろう……」

灰色のため息のような、つぶやきだった。千尋さんも疲れていたのだ。私は、ハルが、新月以外の夜も、毎晩のようにさまよい出ていることを知った。

苑子のお母さんのことを、どうしても連想してしまって、からだが震えた。

「ハル、学校でも笑わないんです。ぼうっとして、いつも、どこか遠くを見てるような」

感じることを、考えることを、言葉を、光を、絶えず入ってくる情報を、シャットダウンして。どこか遠い場所へ心を持っていかれてしまっていた。

玉ねぎの皮を剥《む》く。指先が震えて、うまく薄皮をつかめない。

重い沈黙に、押しつぶされそうになる。それを破ったのは、千尋さんだった。

「果歩ちゃんは。まだ、晴海とつき合ってるの？」

彼女が何を言っているのか、一瞬、理解できなかった。本当に驚いた。ずっとずっと、千尋さんは誤解し続けていたのだ。

「つき合ってません。全然、そういうんじゃないんです。ハルが、つき合ってたのは……」

涙が、あふれ出す。

「苑子、です。私じゃなくて」

頬を伝う。次々に、伝っていく。止まらない。千尋さんは、驚きで目を見開いて、それから、ふっ、と。やわらかく細めて。私の背中に手を回し、そっと撫でた。

「私、苑子に、ひどいことをした。苑子をひとりにした。あの日も。私のせいで、苑子は」

「違う」

きっぱりと。千尋さんは、言った。

「違う。果歩ちゃんのせいじゃない」

「でも」

「違う」

私は。ただ、ただ、泣くことしか、できなかった。

あたたかい手が、ずっと、私の背を撫でている。

苑子が死んでから。枯れるまで涙を出し尽くしたと思っていたのに。死の知らせを受けたときより、葬儀のときより、お棺《かん》の中の白い顔を見たときより、泣いた。

——ざあああああああああ

一瞬、雨が降り出したのかと思って。私ははっと「現在《いま》」に返った。音は雨ではなくて、蛇口から勢いよく流れ出す水だった。手にはレタスの玉。ああ、サラダを作ろうとしていたんだった。

玄関の扉が開く音がする。ただいま、と、母の、疲れた声が響いた。

細い、針のような雨が降っている。

苑子の傘が。鮮やかな青が。跳ね飛ばされて、転がっていく。

目が覚める。頭が鈍く痛んでいた。

繰り返し、繰り返し、見る夢。いつも、泣きながら目を覚ます。声も上げない。嗚《お》咽《えつ》もない。ガラス窓を伝う雨のしずくのように、ただ、流れ落ちていくだけ。

——そういうの、もう嫌なんだ。

私が苑子に最後に放った言葉。

——いつまでも、苑子に縛られていたくない。

鋭い刃になって、私自身を切りつける。だけど苑子は。苑子はもっと、痛い思いをした。私が傷つけた。

まさかあのまま、永遠に会えなくなるなんて。思わなかったの、苑子。

苑子……。

涙が頬を伝っていく。私は、身を起こすこともできずに、ただ、布団の中で、泣いていた。


「かーほっ」

唐突に、後ろから抱きつかれた。亜美だ。亜美は、ぎゅうっと、私の腰に回した手に力を込めた。登校して、下駄箱で靴を履きかえているときだった。

「おはよう亜美、って、いたたたたっ。ちょっと手加減してっ」

「やだよっ。あたしの愛は痛いのだ」

「もうっ」

苦笑して、そっと、亜美の手を引きはがす。頭痛はだいぶ和らいでいた。朝飲んだ薬が効いてきたのだろう。起きたときから雨の気配があった。窓の外を見ると、案の定、曇っていた。頭痛は雨が近いせいか、それとも、泣きすぎてしまったせいか。

「果歩、今日もすっぴんだね」

亜美が私の前に回り込む。

「だって、高校生なんだし。せっかく亜美がメイク道具くれたけど、私、やっぱり」

もごもごと言い訳していると、亜美が私の額をちょんとつついた。

「果歩の、そういう真面目なとこ、嫌いじゃないよ。でも、もうちょっと遊んでみてもいいのに」

「遊ぶ？」

校舎の階段を上っていく。亜美は、はずむように駆け上がって、私を追い越した。

「チャラチャラするって意味じゃないよ？　うーん……。うまく言えない」

あたしって語彙力《ごいりょく》ないからさあ、と、亜美は自分の短い髪をわさわさと掻いた。その瞬間、きらりと、何かが光った。

「亜美。ピアス」

あ、と、亜美は左耳に手をやった。

「外すの忘れてた」

「何でピアスなんてつけてるの。珍しい」

アクセサリーの着用は、もちろん校則違反だ。とはいえ、教師が厳しいわけではなく、そもそも枠からはみ出したがる生徒がいないから、皆、空気を読んで、あえて派手に着飾らないのだ。

亜美のとなりに並ぶ。男子生徒ふたり組が、猛ダッシュで私たちを追い抜いていく。

「これさ。彼の真似なんだよね」

亜美はピアスを撫でた。小粒の、コットンパール。

「彼？」

「ん。片想いなんだけど。ていうか名前も知らないんだけどね、朝、電車で一緒になるんだ。野之崎工業《ののさきこうぎょう》の制服でね、何年生なのかわかんないんだけど……。ピアスしてて」

亜美はうっすらと頬を赤らめた。

「だからあたしもピアスの穴開けてさ。気づいてほしくて、彼のそばに立って。電車降りてから、駅のトイレではずすの」

だから何って感じだよね、と、亜美は、彼女にしては珍しく、自虐《じぎゃく》めいた笑みを浮かべた。

「そろそろ。思いきって話しかけてみようかなって、思ってる」

そっか、と、私は、亜美の背中をぽんと叩いた。

「頑張って」

「うん」

「亜美ならきっとうまくいく！」

両手を握りしめてガッツポーズを作ってみせると、亜美は「えへへ」と照れくさそうに笑った。

好きなひとのために、まっすぐに頑張れる亜美が、少し、まぶしい。

「果歩はさあ、いないわけ？」

亜美は、話の矛先《ほこさき》を私に向けた。ふたり揃って教室へ入る。かちんとからだが固まった。そう来たか。

何も答えず、まっすぐに自分の席へ向かう私に、亜美はなおもまとわりついてくる。

「理一先輩？　それともやっぱ、あの幼馴染くん？」

どさりと、荷物を机に置いて。真顔で、目の前にいる亜美の丸っこい目を、じっと見つめる。亜美の瞳は澄んでいる。澄んで、きらきらと輝いている。

「どっちも、ないから」

ハルとの関係を勘繰られたことは、亜美以外の人からも、何度かある。だけど、理一先輩のことを言われたのははじめてだ。

「先輩は天敵。ハルは、手のかかる弟。それ以上でもそれ以下でもありません」

淡々と告げると、亜美はリスのように頬を膨らませた。

「つまんないのぉー」

「ごめんね、面白い話題を提供できなくて」

「ん。でも、さ。理一先輩の方は、果歩に気があると思うけど」

「え？」

「ん？」

あたし何かおかしなこと言った？と、亜美の顔に書いてある。いや、おかしいから、と、私は言った。

「どこをどう解釈すれば、そういうことになるわけ？」

「見たまま、感じたまんまだよ。果歩にだけ細かくだめ出しするし、何かと気にしてる」

「それは私があまりにだめだからでしょ？」

「ていうか幼馴染くん、来たよ。髪。ちょこっとはねてるね」

いきなり、ころりと話が変わった。亜美の視線の先、気だるげに教室に入ってきたハルが、大きなあくびをかましている。バイトで疲れて寝不足なんだろう。

後頭部の、アンテナみたいな寝ぐせ。ずいぶん久しぶりだ。

ハルの方を見ないように、スクバからテキストを取り出して机にしまう。亜美は、にやりと笑った。

「島本って、たまーに、髪、ぴょこんとはねてんの、かわいいよね」

「は？」

「なんてこと思ってる女子もいるかもよ？　果歩の他にも」

「ちょっ……。私は別に、そんなこと思ってないから」

「はいはい」

亜美はいつもそうだ。私をからかって面白がって笑う。

「怒った？　怒った果歩？　ごめんねー」

笑いながら私の頬を指でつついてくる。もう無視することに決めた。

「お似合いだと思うのになー。幼馴染は鉄板でしょ、やっぱ」

「あのね。ほんとに、ありえないから。もう、そういうこと言うの、やめてね」

「いつまでもそんなこと言ってると、誰かに取られちゃうよ？」

そう告げた亜美の声は低く落ち着いていて。何も答えない私の頭を、慰めるようにぽんぽんと撫でた。

——亜美。ハルにはもうひとり、幼馴染がいるの。

心の中で、そっと。明るくて気のいい友人に、そうつぶやく。

ハルはもう、誰のものにもならない。

# 三

冷たい雨が降り続いている。

バスを降りて傘を開く。透明なビニール傘、コンビニで売っている安物だ。傘を叩く雨の音さえも安っぽく響く。

十月の雨。冬服のブレザーを着ていても肌寒くて、思わず身震いした。部活を終えて、私はひとり、帰路についていた。雨の日は自転車ではなく、バスを使う。

今日も理一先輩に叱られた。ああもう、段取りが悪い！とか、大ざっぱすぎるだろ、とか、ちゃんときっちり計量しなさい、とか。先輩はいつも、私の小さなミスにすぐ気がついて、すかさずつっ込んでくるのだ。

どうせ私は要領悪いし。ため息をつきながら坂道を上っていく。色あせた彼岸花が雨に打たれて朽《く》ち果てている。花の命は短い。

オガワのシャッターは下りている。今日は休みなのだろうか、珍しい。

ベンチが雨に濡れている。自動販売機横にいつもあるガチャガチャは、店の中にしまわれているのか、姿がなかった。

寒い。

歩を早める。ローファーが路面の水を踏んで飛沫《しぶき》が跳ねた。

苑子の葬儀の日も雨だった。ちょうど梅雨のさなかだったから、気温は高くて蒸していたのに、今よりずっと寒かった。

「挨拶してあげて」と、黒い着物を着た、苑子のお母さんに言われて。祭壇《さいだん》の前、白い棺の蓋《ふた》を開けると、苑子が、化粧を施されて目を閉じていた。一瞬で、苑子はもう動かないのだと悟った。「それ」は、苑子だけど苑子じゃなかった。固く。冷たく。命の灯《ともしび》は、もう、消えてしまっていて。二度と、戻ってこない。

喪服を着た担任、団地の大人たち、読経《どきょう》、同級生のすすり泣く声。あの真紀でさえ泣いていた。

ハルは泣いていなかった。青い顔をして、ずっと祭壇の上の遺影をにらみつけていた。

ビニール傘を、雨のしずくが伝っていくのが見える。

火葬場へ向けて出発する霊柩車《れいきゅうしゃ》の長いホーンの音が耳の奥に蘇る。

苑子の骨を拾うなど、想像もしたくなくて、私もハルも火葬場へは行かなかった。

見送りを終えると、すすり泣きの声も次第に止み、じっとりと降る雨の中、クラスメイトは三々五々に帰り始め、私の肩を母が抱いて、私たちも行こう、と、促されたけど。首を横に振って、私は、ずっと立ちすくんだまま動こうとしないハルに歩み寄った。母はため息をついて、千尋さんと一緒に先に帰った。

私とハルはふたりになった。

否。ふたりではなかった。

どこからともなく、濡れそぼった喪服の男のひとが、ふらりと現れて。霊柩車の向かった先を見つめて、うなだれて、そして、手を合わせたのだ。四十代ぐらいだろうか、ぱっと見た感じでは、私の父と同年代ぐらいに見えた。傘も差さずに、雨の中ずっとどこにいたのか。なぜ斎場《さいじょう》に入って、苑子の亡骸《なきがら》に手を合わせなかったのか。

そう思ったとき、背すじに冷たいものが伝った。

「……あいつだ。苑子を、殺したやつ」

それまでずっと黙ったまま、涙さえも流さず、人形のように冷え固まっていたハルが。口を開いた。ぞっとするほど抑揚《よくよう》のない、低い声だった。

参列した団地の大人たちが、事故の加害者が参列を断られて門前払いになったとひそひそ噂していた。苑子のお母さんがその男を見るやいなや泣き喚《わめ》いたのだと。頭がぼんやりしていてそのときはうまく意味を拾えなかったけれど。

あのひと、が。

ハルは、ふらりとその男に近寄って、正面に、立った。目を閉じて手を合わせていた男が、顔を上げた。その瞬間、ハルが。

男を、殴った。

鈍い音がした。

「やめて！」

咄嗟《とっさ》に、私は、叫んでいた。

駆け寄って、ハルを押さえつけようとして、すごい力で阻まれた。

「やめてハル。やめて」

ハルは男の胸ぐらをつかんで、なおも殴りつける。自分より上背《うわぜい》のある、中年の男に。男は抵抗せず、されるがままになっていた。十三歳の子どもに。痛めつけられて、涙と鼻水を流している。

「ハル、ハル」

怖かった。ハルは私の知っているハルじゃなかった。目が。目が、支配されている。

暗い、重い、どうにもならない、やるせない。

「やめてっ！」

暴力を止めたかったわけじゃない。このままだと、ハルが飲まれてしまう。それが、ただひたすらに、恐ろしかった。私は必死でハルの腕にしがみついた。

「ハルまで、遠くに行かないで。二度と手の届かないところへ、行ってしまわないで」

だけど、ハルは腕を払って私を振りきった。そのはずみで、私のからだは濡れたアスファルトに投げ出されて倒れた。

「果歩」

ハルがはっと目を見開く。戻ってきた。昔から一緒にいる、気心知れた、普段と変わらない、ハルの目だった。

正気に返ったハルがしゃがみ込んで私を起こす。

男は。男は、泣いていた。泣きながら、すみません、すみません、と。壊れた機械人形のように、繰り返していた。

思い出すと、みぞおちのあたりに、重苦しい痛みが沈む。

どこにでもいる、人ごみに紛れて風景の一部となってしまうような、普通のおじさんだった。そのことが衝撃だった。あんな普通のひとに、苑子が殺されたなんて、うまく脳の回路がつながらなくて、ハルのようにまっすぐに憎しみをぶつけることができない。

それに。

いくら憎んだところで、苑子は戻ってこない。

あの日、雨が降っていなかったら。あのひとが、あんなにスピードを出していなければ。苑子がハルの仲間に加わっていれば。私が。つまらない嫉妬さえしなければ。

降りしきる雨、空を覆う雲。朱に染まらない夕暮れ、E棟の、古びたコンクリートの階段を上る。じっとりと雨の気配が満ちていた。

雨が嫌いだ。嫌なことばかり思い出す。

我が家のドアを開けると、珍しく、夕餉のにおいが私を出迎えた。クリームシチューだ。

「おかえり」

母がにこりと笑んだ。

ただいまを告げて、バッグからタッパーを取り出して電子レンジであたためる。料理部で作った唐揚げを持ち帰ってきたのだ。

「あら。一品増えた。ラッキー」

母はサラダのボウルをダイニングテーブルに置いた。ずいぶん白髪が増えたなと思う。

「お父さん今日も遅いんだって、先にふたりで食べようか」

「うん。荷物置いて、手、洗ってくるね」

明るく振る舞わなければ。明るく。もともと私は明るい子だったのだ。

食卓に着くと、母は早速、唐揚げをつまんだ。

「美味しい。なかなか、よくできてる」

頬張りつつ、発泡酒の缶を開けている。

「ほとんど先輩が作ったから、それ」

　中温でじっくり揚げていったんバットに上げて余熱で火を入れ、ふたたび高温の油で揚げ、表面をカリッと仕上げる。私は油はねが怖くて遠巻きに見ているだけで、「ガキかおまえは」と、理一先輩に笑われてしまった。

　つけっぱなしのテレビから、ときおり、わっと笑い声が上がる。

「今日、晴海くん見た」

「ふうん」

「『日《ひ》の出《で》マート』の近くでね、女の子と一緒に、歩いてた」

「ふうん」

「バイト仲間かな、あの子。まさか彼女だったりして。果歩、何か聞いてる？」

「何も」

　シチューをすくって口に運ぶ。

「晴海くんって、もてるの？　結局あんたとは何もなかったみたいでつまんないけど」

　勝手に勘違いしておいて、その言い草はない。

　日の出マートはハルのバイト先だ。一年近く続けている。私も料理部の材料の買い出しに行ったとき、ちょうどハルに出くわしたことがある。品出し作業の手を止めて、足が不自由なおじいさんのかわりに荷物を持ってあげていた。

「かわいい子だったよ、なかなか」

母は上機嫌だ。

「ただ、スカートは短かすぎだね。あれじゃあ足が冷えるよ、だめだよ女の子がからだを冷やしたら」

「お母さん。まさか、じろじろ見たんじゃないよね？　やめなよ、趣味悪い」

「ちょっとあとをつけただけだもん」

母は舌をぺろっと出した。亜美がやるとかわいいけど、母がやると少々寒い。

「ごちそうさま」

「もういいの？」

「ん。部活で、試食してきたから、それ」

唐揚げを指差す。母は、そう、と、少しだけ眉を下げた。

私は席を立つ。

ハルに彼女ができたのなら、それは喜ばしいことだ。前へ進んでいるということだから。亜美の言う通り、世の中には、ハルの寝癖をかわいいと思うような物好きが、わりといるのかもしれない。

ひと雨ごとに秋は深まる。

翌日はすっきりと晴れて、雲ひとつない青空が広がっていた。だけど気温はぐっと下がって、そのせいか、喉が少し痛い。りんご味ののど飴をひとつ、口に放る。

甘酸っぱい果実の味のあとから、すうっと、ハッカの風味が追いかけてきて鼻から抜けていく。

「果歩。俺にもちょうだい、それ」

広げていた古文のテキストの上に、大きな手のひらが、すっと現れた。

「それから。俺にも見せて、それ」

「自分で訳さなきゃ自分のためにならないよ？」

「苦手なんだよ、古文」

ハルの手を軽くはたくと、私は、ポーチからもうひとつ飴を取り出して、ハルに放った。

「サンキュ。朝から喉イガイガしてて」

「寒くなったもんね」

昼休みの教室のざわめき、舌で転がす丸い飴の、甘みと、酸味。ハルが私の前の席の椅子を借りて座った。私はテキストの続きに戻る。

「亮司が、さ」

「……杉崎くん？」

杉崎亮司くん。高校でも相変わらず目立つ存在で、うちのクラスにも、憧れている子がいる。かつて、片想いしていた苑子をハルに取られたというのに、杉崎くんとハルは未だに仲がいいようだった。

「亮司が。狭山のこと紹介してほしいって言ってるんだよね」

「亜美を?」

「気に入ってるんだってさ」

「残念。亜美、好きなひといるよ」

杉崎くんって、もてるのに、自分から好きになったひとには振り向いてもらえない星のもとに生まれてきたのだろうか。だけど、亜美と苑子の共通点は顔がかわいいことぐらい。彼はきっと面食いなんだろう。

それにしても。

「杉崎くんとハルって、そういう話、するんだ?」

「誰がかわいいとか、そういう話の流れになることはある。俺は聞いてるだけだけど」

「ハルも」

うつむいて、テキストに並んだ文字をじっと見つめる。

「彼女の相談とか、するの?」

聞いてしまった。

「は？」

「バイト先の子だっけ？　ふたりで歩いてるの、お母さんが見たって言ってた」

スカートの短い女の子。と、言ったら、ハルは、ああ、と、後頭部を掻いた。

「うちの高校の子なの？」

「違うよ、フリーター」

「まさかの年上？　やるじゃん、ハルのくせに」

明るく茶化してみたけど、声がわずかにうわずってしまった。どうして。

シャーペンを握りしめる指に、ぐっと力を込める。

あのなあ、と、ハルは大きなため息をついた。

「マジで違うから。おばさんにも言っといて」

「じゃあ、どうしてふたりで歩いてたの？」

「うるせーなあ、何でもいいだろ？」

うんざりしたようなハルの声色に、我に返った。

詰め寄るような言い方になっていたかもしれない。それに……、そもそも、ハルが誰と何をしようが、私には関係のないことなのに。

「……断ったんだよ、つき合わないかって言われたけど」

思わず、顔を上げる。目が合う。ハルの頬は、少しだけ赤く染まっている。

「いいひとではあるけど好みじゃないから、ただそれだけ」

低い声で、ぼそぼそと、ハルは告げた。私の目を見つめたまま。

……ふう、ん。

「好みとかあるんだね、ハルの分際で。選《え》り好みなんて贅沢《ぜいたく》」

「ほっとけ」

ハルが私の額を軽く小突く。瞬間、とくりと胸が鳴って。そんな自分に動揺して。

私は「ははっ」と小さく笑って、ハルから目をそらした。

古語辞典に手をかけて、ぱらぱらとめくる。とくに調べたい単語があるわけじゃなかった。

わかっている。たとえどんなに綺麗で性格のいい子が現れたって、苑子には敵《かな》わない。

十三歳の苑子は、琥珀の中に閉じ込められたみたいに、いつまでも変わらず、綺麗なまま。汚れないまま。

「どうした？　果歩」

おもむろに席を立った私に、ハルが怪訝《けげん》な目を向ける。

「ごめん、ちょっと。トイレ。テキスト、写していいよ。五限始まるまでに机に戻しといて」

ラッキー、果歩さまさま、と、ハルが調子のいいことを言うのを背中で聞く。

息が苦しい。

私はトイレへ駆けた。個室にこもり、そのまま何もせず、ただ、ぼうっと立ちすくんでいた。ハルの前から去りたかった、ただそれだけ。

そのうちに予鈴が鳴ったけど、教室に戻るのが億劫になってしまって、とりあえずトイレを出て保健室に向かった。

エスケープ、と、言ってもいいのか。

人生、初。サボり。

気分が悪いと養護教諭に訴えると、顔色が悪いけど、貧血じゃないの？　と言われた。

大丈夫です寝不足なだけです、一時間だけ休ませてください、と言って、ベッドに横たわった。先生がタオルケットを掛けてくれる。

自己暗示にでもかかったのか、そのうち、本当に気分が悪くなってきた。下腹部が妙に重だるい。目を閉じてタオルケットを頭からかぶり、丸くなる。胎児《たいじ》のように。

涙が込み上げてくる。悲しいことなど何もないのに、どうしたのだろう。おかしい。

あふれた涙は頬を伝って、流れていく。止まらない。

自分のことが疎ましい。

ハルに彼女ができたわけじゃなくて安堵《あんど》した自分も、すぐさま苑子を思い浮かべて勝手に傷ついてしまった自分も。もう苑子はいないのに。ううん、いないから……。

いつの間にか、私は眠っていた。

先生に肩を揺すられて目を覚ます。チャイムの音が響いていた。一時間、経ったらしい。

「大丈夫？　戻れる？」

「大丈夫です」

からだのだるさは相変わらず、というか、むしろ、下腹部の痛みは増していた。身を起こした瞬間、どろりと、熱いものが流れ落ちる感覚があった。まさか。私は慌ててトイレへ行った。

月のものが、始まっていた。この間、終わったばかりなのに。

保健室へ戻り、生理用品をもらって、ふたたびトイレへ行って手当てする。今月、二回目だ。二か月来ないこともあれば、月に二度、短い生理をみることもあって、安定しない。

「おなか、痛い？　沢口さん、生理、重い方なの？」

丸椅子に腰掛けた私に、先生がいたわるように、語りかけた。保健室には、今、誰もいない。まるで診察室での問診のようだ。

「いえ、ただ、……おかしい、ような気がします。周期がないというか、リズムが、めちゃくちゃなんです」

　母にも姉にも話したことはない。

「高校生ぐらいだと、まだ、からだが大人になりきってないからね、もちろん個人差はあるけれど。病院で相談してみた方がいいと思うな」

　婦人科は、怖くもないし恥ずかしくもないのよ、と先生は続ける。はい、と、かすれた声が漏れ出る。

「無理なダイエットとか、してない？」

　首を横に振る。

　痩せようなんて思ったことはないけれど、一時期、ご飯が食べられなくなったことはあります。心配した母にカウンセリングにも連れて行かれていました。先生が合わなくてすぐにやめたけれど。今でも、食は細いほうだと思います。料理部なんて入っているくせに、作るどころか、そもそも、食べることが好きではありません。

「先生」

　先生は。うすい眼鏡の奥の目を細めて、首をわずかにかしげた。物腰《ものごし》のやわらかい、優しげなひと。地味な雰囲気だけど、よく見ると綺麗なひと。

「……何でもありません」

私はうつむいた。

女なんて、嫌です。

ポーチを探ると鎮痛剤《ちんつう》が二錠あったから、それを飲んで六時間目の授業をやり過ごした。ホームルームが終わり、帰り支度をしていると、ハルが私の席に来た。

「大丈夫？　今日、送ろうか？」

「でも」

「大丈夫、寝不足だっただけだから。ちょっと休んだらよくなった」

顔色が、と言いかけたハルをさえぎる。

「あんた今日もバイトでしょ？　団地まで戻ってたら間に合わないよ」

私も部活に行くし、と言うと、ハルは、無理すんなよ、とため息をついた。

じゃね、と私は小さく手を振り、そのまま、亜美の席に向かう。亜美も今日は部活に出ると言っていた。

本当は、まっすぐ家に帰ろうかと思っていたけど、やめた。薬も効いてきたし、何かしていた方が気が紛れる。

「どうして島本とつき合わないの？」

廊下を連れだって歩きながら。亜美が、いきなり直球を投げてきた。

「果歩のこと気にかけてくれてんじゃん、さっきだって」

「腐れ縁の友達だからね、きょうだいに近いっていうか」

「そう？　むしろ夫婦って感じに見えたけど」

立ち止まる。思いがけず真剣な目をした彼女に、不意打ちをくらって黙り込んでいると、

「もういいんじゃない？　三年経ったんだよ」

さらに亜美はたたみかけた。

「亜美？」

「島本の元カノが、果歩の親友だったんでしょ？」

開け放たれた廊下の窓から、乾いた風が吹き込む。男子生徒がふたり、ふざけ合いながら私たちの横を走りぬけて、軽くぶつかられて私はよろけた。咄嗟に、亜美が私の腕をとって引いた。

「何なのあいつら、ガキじゃあるまいし」

「亜美。……どうして」

「みんな知ってるよ。たくさんいるじゃん、一中《いっちゅう》出身者。そりゃ、誰かが教えてくれるよ」

「……あ」

みんな、知っている。亜美も。苑子の、死を。私たち三人の過去を。

すっと、周囲の音が遠のいていって。鼻の奥がつんと痛んだ。

「……早く調理室に行こう。また先輩にいろいろ言われちゃうし」

そう言って、顔をそらした。だけど、亜美は私を離さない。

「果歩、泣いてるの？」

「まさか。泣いてるわけないじゃん」

「もういいよ、果歩。島本に言いなよ、す」

「好きじゃないから。本当に」

「果歩」

そっと、亜美の手を引きはがして、歩き出す。零れそうになっていた涙を、かろうじて押し込める。

〝三年〟が、長いのか短いのかはわからない。ただ、未だ、私は私を持て余している。苦しくて、忘れようとしても、まぶたの裏に青が蘇る。窓の向こうに広がる空も青、いたるところに青があって、それは、苑子が存在したことの揺るぎない証《あかし》のようだった。

亜美は黙って、ふたたび私の手を取った。あたたかな手。

もうそれ以上彼女は何も言わず、そのかわり、別館の一階にある調理室まで、ずっと、つないだ手を離すことはしなかった。

# 四

料理部は、お菓子でもおかずでも何でも好きなものを、みんなでわいわい言いながら楽しく作り、食す、という、ただそれだけの活動をしている。文化祭では、焼き菓子を販売したりレシピを配ったりしているのだけど、普段は本当にゆるい。

週三回、火・水・木曜が活動日。火曜はミーティングと買い出し。顧問が顔を出せる水・木が調理日だ。作るものを決めて、材料から予算を立て、買い出しに行き、調理室の冷蔵庫の一角、料理部が借りているスペースにて保存。レシートはとっておいて調理メンバーで割り勘にする。材料が余れば次回に持ち越すか、希望者が持ち帰ることになっている。

今日は木曜。シフォンケーキを焼く。

「何かの修行みたいだな」

つぶやいたのは理一先輩だ。私は卵白を泡立てる手を止めて、真横にいる先輩を見上げた。先輩は、粉を計量してふるう作業の途中だ。

「修行？」

「沢口のメレンゲ作り、だよ。一心不乱すぎて怖い。とくに、目」

「まじめにやってるのにひどくないですか？　失敗してもしなくても、文句言われるんですね、私は」

ボウルを傾けて、泡立て器を掻き回す。

「ごめん。沢口、だいぶマシになってきたと思うよ。入部したてのころは、不器用すぎて、コントでもしてるのかと思ったぐらいだから」

失礼な。と、思ったけど、一応、成長を褒めてくれているようだから、私は小さくお礼を言った。

「どんなにへたくそなやつでも、がむしゃらに続けていればちょっとは見られるようになるってことだな」

やはりけなされている。腹が立って、がしがしとメレンゲを掻き回し続けていると、

「もういい、ツノがピンと立つだろ、それでもう十分だ」

先輩に止められた。

メレンゲと、白っぽくなるまでよくかき混ぜた卵黄を混ぜ、泡がつぶれないように、粉を〝さっくり〟混ぜる。底から、素早く、と、理一先輩が急《せ》かす。

「どうですか」

「合格」

型に流し込んだタネをオーブンで焼き上げる。調理器具を片づけながら、皆で、十一月の文化祭で何をするか、アイデアを出し合う。

「ていうか理一先輩、文化祭、来るんですよね？」

一年生の里美《さとみ》ちゃんが聞いた。先輩はうなずいた。

「余裕ですよねー。いつ勉強してるんすか？」

同じく一年の野村《のむら》くんが無邪気な疑問を投げかける。理一先輩は部活のない日でも自宅で料理をしているらしいのに、成績は常にトップクラスだ。

「時間を効率よく使うんだよ」

先輩はこともなげに言ってのける。そもそも私とは脳みその出来が違うのだろう。

オーブンが鳴った。オーブンは、今日は三台稼働していて、調理室はすでに甘い香りで満たされている。私がメインで作ったケーキ、今日はうまく膨らんでくれただろうか。

「沢口」

ケーキを取り出した先輩は、満面の笑みだ。

「やったな。上出来だよ」

相変わらず、すっごく、上から目線。そう思いつつも、私は拳《こぶし》を握りしめて小さくガッツポーズを作っていた。

試食を終えて、残ったケーキを包んでおみやげに持って帰る。シフォンケーキはしっとりときめ細かく、優しい甘さで、美味しかった。二切れある。一切れは母に、父は甘いものが苦手だから、もう一切れは、誰かにあげようか。

ふと、ハルの横顔が脳裏をよぎったけど、亜美の言葉を思い出して、慌てて追い出した。

千尋さん。千尋さんにあげようと、思いついた。

かつて私は千尋さんの前で泣いて、親子丼を振る舞ってもらって、それをきっかけに、食べることを取り戻した。だから今度は、私が作ったものを、千尋さんに。

裏門を出て亜美と別れ、ひとり自転車を漕ぎながら、そんなことを考えていると、背後から私を呼ぶ声がして、ブレーキを掛けて振り返った。

「沢口ー」

理一先輩だ。先輩が、走っている。私の方に向かって。私は自転車から降りた。

「どうしたんですか?」

「忘れ物だ、これ、お前のだろ?」

息を切らした先輩が差し出したのは、確かに、私のハンドタオルだ。忘れてきたことすら気づかなかった。

「わざわざ、すみません。先輩の家、逆方向なのに」

「いいんだ。最近、からだ動かしてなかったから、いい運動になった」

陽はもうすでに沈み、空はすみれ色の黄昏《たそがれ》、うすい月と一番星が光っている。早く帰らないとあっという間に暗くなってしまう。私はハンドタオルをポケットにしまうと、サドルにまたがった。

「本当に、ありがとうございました。先輩もお気をつけて」

もう一度頭を下げて、ペダルに足をかける。と、先輩が、

「送っていく」

と。いきなり言った。びっくりして振り返ると、先輩は、異様に硬い顔をしている。

「暗いし、女子ひとりで帰るのは危ないだろう」

「いえ、でも、先輩、歩きだし。先輩が、帰り、遅くなっちゃいますよ。私は自転車を飛ばしていくので平気ですから」

「沢口」

私を呼ぶ声が、妙に切羽詰《せっぱつ》まっている。私は、先輩の真剣な目つきに飲まれてしまって、身をすくませて、小さく「はい」と返事をした。

「俺が送りたいんだ。……その、沢口を」

「……はい」

「迷惑だろうか」

「………」

「ごめん、迷惑だな。冷静に考えれば、俺に合わせて沢口を歩かせることになるし、かえって帰宅が遅くなってしまう」

「はい、あの、でも」

肩を落とした先輩を見ていたら、少し申しわけなくなってしまった。

「お気持ちは嬉しいです。ありがとうございます」

「……いや」

「あの。それから、今日のケーキも。美味しくできて、感動しました」

本当だ。自分で作ったものを美味しいと思ったのは、生まれてはじめてだ。入部してこのかた、今まで自分の失敗作を、さもしく〝処理〟するだけだったし、家で作る料理も、まずくはないけどどこか素っ気ない味で、何かが足りなくて、食べてくれる家族に申しわけない気持ちでいた。

「明後日。土曜日。何か、予定はあるか？」

出し抜けにそんなことを聞かれる。私は少したじろいだ。

「え？　いえ、とくに、何も」

「じゃあ、その。映画でも観に行かないか」

「それは、その」

ふたりで、と、いうことでしょうか。と聞くと、「そりゃ、まあ、そうだろ」と、硬い声が返ってくる。

少し考えさせてください、と、私は答えた。

車輪の回る音がする。先輩と別れ、ふたたび漕ぎ出した自転車の、切り裂く空気は澄んで冷たかった。

団地に着いたとき、空はすでに藍《あい》に染まり、夜が始まろうとしていた。

E棟の階段を上っていく。冷たいコンクリートを踏む音がもうひとつ、私のあとから追いかけてくる。歩を止める。足音はすぐに追いついた。昔から変わらない。ハルの足音はすぐにわかる。

「今、バイト帰り？」

「おう。果歩は部活？　もう、いいのか、具合」

「大丈夫だって言ったじゃん」

ハルは息をはずませている。自転車を飛ばしてきたのだろうか。この間注意したばかりだし、まさかイヤホンで音楽を聴きながら漕いでいたわけじゃないとは思うけど、気をつけてほしい。事故は、怖い。ハルだって、十分すぎるほど、わかっているとは思うけれど。

「ハル」

千尋さんに食べてほしいんだ。渡してくれる?」


邪気のない目が私をとらえる。私はバッグからケーキの包みを取り出した。

「これね、うまくできたから、千尋さんに食べてほしいんだ。渡してくれる?」

「おふくろに? 何で?」

「ん。いいじゃない、べつに」

「俺にはないわけ?」

ハルが身をかがめて私の顔をのぞき込んだ。期待で目が輝いている。

「……しょうがないなあ、もう」

仕方なく、私は、母にあげようと思っていたほうの包みを、ハルに押しつけた。

「やっぱり俺のもあるんじゃん!」

ハルは早速包みを開け、あっという間に食べてしまった。

「ちょっと、ここ、階段」

「やばい。これ、めちゃくちゃうまいよ」

「……あのさ」

口もとに、ケーキのかけらがついてるんだけど。

「果歩が作ったの? ほんとに?」

「……疑ってるの?」

軽くにらんでみせると、ハルはぶんぶんと首を横に振った。

「すげーじゃん。果歩。また作ってよ」

にまっと笑う。私はふいっと顔を背けた。

「もう作らない」

「は？　何で？　っていうか何で急に不機嫌になってんだよ？」

「べつに不機嫌になんて」

「なってんじゃん」

ハルが私の頭に手を置いてくしゃっと掻きまぜる。

「やめてってば、それ」

どうしてそんなに無邪気に触れてくるの？

「あー。怒った」

「あんたが怒らせたんでしょ！」

私は本当にばかだ。どうして、ハルにケーキをあげてしまったのだろう。

私は。ただ、ハルが。苑子のような事故に遭わずに、安全に、平穏に、毎日を過ごしてくれればと、そう思ったのだ。もうあんな思いをするのはたくさん。そう思っただけだったのに。

「じゃね」

素っ気なく告げて、私は階段を駆け上った。

「ケーキ、サンキューな」

ハルの声が聞こえた。もう絶対にあげない。さっきはどうかしていた。


その日の、夜。私は先輩にメッセージを送った。

——土曜日。映画、行きます。

すぐに、了解、の返事が来た。

先輩の硬い表情、赤く染まっていた頬を思い出す。目を閉じる。まぶたの裏に、亜美の耳を飾っていたピアスの、きらめき。

恋をしてみればいいのかもしれない、と、思った。

どうしても逃れられないのなら、いっそのこと。逆に、飛び込んでみるのだ。

## 五

月のない夜。神社の森を進む。私はひとりだった。ひどく蒸し暑い夜で、闇の中、ときおりざわめく木々の梢、その葉擦れの音と、自分の乾いた足音が響くのみだった。

自分の一部が麻痺《まひ》したみたいだった。背中にも額にも汗をびっしりかいているのに、不思議と、暑いという感覚がなかった。浮き出た木の根を踏まないように注意しながら泉への道なき道を行く、夏の夜。

　ほたる池のほとりに、濃い影があった。ひとのかたちの影。立ち上がって、がさりと動く。私のからだは咄嗟にびくりとはねた。

「……ハル」

　ハルが呆然と立ちすくんで、私を見ている。うすい星明かりの下、その頬が、一瞬、光って見えた。

　涙の、あと。

「ハル。泣いてたの……？」

「泣いてない」

　ハルは私をにらみつけた。

「帰れよ」

　私は何も答えない。ハルはここで、苑子の魂を待ちながら、ひとりで泣いていた。

「帰れよ、果歩」

　強い口調だったけど、声はかすれていた。

「……苑子は」

　私は、かろうじて、それだけ、聞いた。

「来ないよ」

ハルの声は硬くて。絶望の色を、まとっていた。

帰れない、と思った。ひとりにはしておけない。暗い水面をにらみつけるハルが、ふらふらと、泉に引き込まれて深く沈んでいきそうな気がしたのだ。

十三歳の夏。苑子が亡くなって、はじめて迎えた新月の夜。ほたるは飛んでいなかった。

一匹たりとも、飛んでいなかった。

焼かれてうすい煙となって空へ昇っていった苑子、信じられなくて、だけど苑子がどこにもいないのも事実で、胸が苦しくて、苑子に会いたくて、会って謝りたくて、嫌いなんかじゃない、ずっと苑子と一緒で楽しかったんだよ、と、伝えたくて、でも、抱えていたそんな気持ちのすべてを打ち捨てて、私は。

――ハルを、連れていかないで。連れていかないで。

ひたすらに、懇願《こんがん》していた。

お願い、お願い、お願い。

透明な青のかけら。苑子が私にくれたシー・グラス。子どものころから、宝物入れにしていた、クッキーの入っていた綺麗な缶に、大切にしまってある。苑子と一緒に撮った写真たちや、もらった手紙ややり取りしていたメモと一緒に。

　取り出して見つめながら、新月のほたる池のことを思い出していた。結局私は身勝手な人間で、苑子を失った悲しみとハルを想う気持ちを天秤《てんびん》にかけたら、きっとハルの方に傾く。あのとき、ハルの涙を見て、胸が軋んだ。この期《ご》に及んで。

　何千、何万回と、波にもまれたシー・グラス。輝きは鈍くなるけど、角がとれて、丸くなって、ふいに誰かを傷つけることはしない。

　私もできることなら、そんな人間になりたかった。


　土曜日の朝、空気は澄んで、空の青は高いところにあった。バスに乗って、繁華街にある映画館へと向かう。

　久しぶりにワンピースを着た。黒と白のギンガムチェックのシャツタイプのもので、すこし肌寒かったから、グレーのパーカを羽織った。もっと綺麗目な恰好の方がいいのかもしれないけど、そんな服、ワードローブにない。そのかわり、誕生日に亜美からもらったコスメで、少しだけメイクをした。亜美のようにうまくまつ毛を塗れなかったけれど。

　バスが停車する。運賃を払い、ステップを降りる。風が吹いてワンピースの裾が翻《ひるがえ》りそうになって、慌てて押さえた。

映画館のとなりの書店で待っているとのメッセージを受け取っていた。まっすぐに向かう。先輩は参考書の棚で分厚い問題集を見ていた。そういえば彼は受験生なのだ。

「沢口」

先輩が私に気づいて手を上げた。ぺこりと小さく頭を下げる。先輩は薄手のダークグレーのカットソーに細身のパンツで、寒くないのかな、と思ってしまう。

先輩がレジで会計を済ませるのを待ってから、店を出て、シアターへ。

「何か観たいものがあるんですか？」

と聞くと、いや、とくに、と先輩は首を振る。今、何が公開されているのかも知らないらしい。私にも、とくに気になる作品はなく。結局、宇宙とタイムトラベルをめぐるSF作品を観ることになった。

となり合って座る。先輩は無言だ。そのうち予告編が始まり、私は画面を見つつも、ときおり、すぐ横にある先輩の顔を盗み見ていた。スクリーンの放つ明るい光に照らされる顔は整っていて、見た目だけならかっこいいし、性格も、私に見せるのは嫌味で理屈っぽい側面だけで、本当は、もっと違う顔も持っているひとなのだろう。私はそう思い始めていた。

暗がりの中、スクリーンに幾千の星が浮かび上がる。そうか、今から始まるのは、壮大なスペース・ロマンだった、と我に返る。

大画面で見る、ＣＧが描き出した宇宙はリアルだった。映画館の暗闇が、実は少し苦手なのだけど。今も少し、怖いというか。心もとない。丸裸で無重力空間に放り出されて、わけのわからない大きな存在を見せつけられている自分。

ハルが、人間は蟻だと言っていた。

むかし、苑子とハルが、宇宙の始まりは怖いと言っていたのを思い出す。

苑子はどこへ行ったの——。

「沢口。大丈夫か？」

先輩のささやき声で我に返った。

「具合、悪いのか？」

「すみません。平気です」

ドリンクを飲んで、息を整える。

「外。出るか？」

首を横に振った。大丈夫だ。私はストーリーに集中しようと気持ちを立て直した。

そして、ラストまで見続けた。

エンドロールを見つめる先輩が、洟をすすっている。まさか、泣いている……？

主人公は、宇宙空間で離れ離れになった恋人と、ラストで奇跡的に再会する。

死んだと思っていたのに。死んだと思って、それでもひとりで生き抜こうと、必死でもがいて。本当は恋人も生きていました、だなんて。

私は泣けない。そんな都合のいい話があるはずないと、思ってしまったら。冷めてしまったのだ。

映画館が明るくなる。軽く伸びをして、外へ出る。やはり先輩の目は赤い。

「ああいうお話に弱いんですか？」

「うるさい」

先輩はぶっきらぼうに言い捨てて、すたすたと歩き出す。買い物客の群れの中をずんずんと進む。速い。はぐれそうだ。

「待ってください」

先輩は立ち止まった。

「……沢口。メシ、食おうか」

「はい」

外に出て少し歩き、メインの通りから外れた、裏道にある小さな喫茶店に、先輩は私を案内した。

「うまいんだよ、ここ」

「よく来るんですか？」

「子どものころ、親父が連れてきてくれた。映画を観た帰りに」

「そうなんですか」

うす暗くて、テーブルもカウンターも飴色で、店内には会話を邪魔しない程度の、ゆったりした歌謡曲のインストルメンタルが流れている。派手さはないけど、昔から常連さんに愛されてきたお店なのだろうと感じる。

先輩いち推しのナポリタンが運ばれてきた。ケーキも美味しくて、なかでもチーズケーキは絶品なのだそうだ。せっかくだし、もしも胃袋に余裕があるようだったら食べてみようかと考える。

「冷めるから先に食べろ」

「はい。いただきます」

トマトケチャップの濃厚さと玉ねぎの甘味、ハムの塩気のバランスが、どこか懐かしい。ずっと見られているのが落ち着かなくて、のろのろと食べていたら、先輩のオムライスも運ばれてきた。少し、ほっとしてしまう。

食べている間は、お互い無言で。音楽と、食器の鳴る音と、外を走る原付の音、店員さんの足音、注文を取る声。音はあふれているのに、どこか静かで落ち着かない。

最後のひと口を食べ終えてフォークを置く。紙ナプキンで口を拭い、顔を上げたら。ひと足先に食べ終えていたらしい先輩と目が合った。

「コーヒー。……飲むか?」

「あ。はい」

「デザートに、何か頼むか」

「あの。チーズケーキ、気になっていたんですけど。でも、思ったよりおなかいっぱいになってしまって」

「そうか。じゃあ、ケーキはまた今度、ごちそうする」

また、今度。私は先輩から目をそらし、グラスに手をかけた。

「沢口が、よければ。また一緒に」

はい、と答えた自分のからだが、ある予感に、強張っている。グラスの水をひと口飲んで心を落ち着ける。

店員さんがテーブルに来て、空いた食器を下げる。先輩が、そのタイミングで、コーヒーをふたつ、頼んだ。ふたたび沈黙が降りる。

「沢口」

ふたたび呼ばれた瞬間、私のからだはびくりと震えた。

好きだ、と。出し抜けに、そう告げられた。

「俺と、つき合ってほしい」

「……でも。先輩、受験生だし。そんな余裕あるんですか」

「受験生だからだ。半年もしないうちに俺は卒業する。何も告げないまま、忘れ去られたくない。いつまでもだらだらと、沢口に会いたくて部活に顔を出し続ける自分も。中途半端で嫌いだった」

「私」

ふう、と、先輩はため息をついて、少し、笑んだ。

「困らせてごめん。俺のことが苦手なんだろう？　沢口に対して、ずっとあんな態度を取ってきたんだから、当然だと思う。気を遣わなくてもいい、嫌ならはっきり振ってくれ。その方がすっきりする」

「私」

コーヒーが運ばれてきた。あたたかい、かぐわしい湯気《ゆげ》の立ち昇るカップ。さえぎられた私の言葉は、それを飲み終わるまで宙ぶらりんのままで。コーヒーの味はよくわからなかった。砂糖もミルクも入れないそれは、ただ、苦いとしか。

カップをソーサーに置く。私は決めていた。

「先輩の。彼女に、なります。よろしくお願いします」

頭を、下げた。ふたたび上げたとき、先輩は。私の答えがそんなに意外だったのか、眼鏡の奥の目を、丸めて。それから、頬を赤く染めた。

十月も終わりに近づいてきて、中庭の銀杏の葉は、ようやく色づき始めている。桜の葉はもう、とっくに赤茶けて散ってしまったというのに。

夕暮れが近づいて、蜂蜜《はちみつ》色の光に照らされて、銀杏が金色に光っている。風に吹かれてその葉が舞い落ちるさまを、図書室の窓から、じっと見ていた。

先輩とつき合い始めたものの、やはり三年生は忙しい。今日の放課後は進路指導室で調べものをしなくちゃいけないから、よければ終わるまで待っていてほしいと言われた。

看護系の本がないかと書架《しょか》を見て回る。と、『女子のからだとこころ大事典』という本が目に留まった。手にとってぱらぱらとめくる。事典とは言っているけど、十代向けの、カジュアルでわかりやすい医学解説本、といったものだ。

気になっていた。シフォンケーキを作った日に始まった生理が、まだ、終わらない。ごく少量の出血が、だらだらと続いているのだ。もう十日になる。さすがにおかしい。

少し迷ったけど、借りることにした。私が病気かどうかは置いておいても、知識はあった方がいい。

貸し出し手続きが終わったタイミングで、先輩が現れた。

連れ立って図書室を出る。

つき合っていることを、亜美だけには話した。部活のメンバーには黙っていたのに、なぜかすぐに気づかれた。

ハルには話していない。わざわざ、そんなことを報告するのもどうかと思うし。

校舎を出て、非常階段横の自販機であたたかい飲み物を買った。私はミルクティ、先輩はコーヒーだ。冷えた指先を缶であたためていると、唐突に、先輩が私の頭に手を置いて、そろそろと撫でた。

「あ。あの」

「嫌か？」

「そういうわけでは」

私を見つめる目がびっくりするほど優しくて、戸惑ってしまう。

「その。よければ、名前で呼んでも。いいか？」

「あ。は、はい」

ぎこちなくうなずいた。先輩は、こんな私の、どこがいいというのだろう。

非常階段に腰掛けて、ミルクティを飲む。そうだなあ、と、先輩は話し始めた。

「気になってたんだ、ずっと。まじめに取り組むわりには、ちっとも料理が楽しくなさそうなところとか」

「いいところでも何でもないじゃないですか」

「そうだな、おかしいな」

くすりと笑う。〝彼氏〟になった先輩は、頻繁《ひんぱん》に笑顔を見せ、ぐっと雰囲気がやわらかくなった。今までの私に対する態度はいったい何だったんだろうと思うぐらいに。

「果歩」

「……はい」

先輩は、ただ、私の名前を呼んだだけだった。呼んで、赤くなって、私から目をそらして、コーヒーを飲んでいる。

私まで恥ずかしくなってしまって、ミルクティを口に含んだ。甘い。

恋も、きっと。本当は、甘い。

放課後、ほんの少ししかふたりで過ごす時間はない。一緒に帰るといっても、お互いの家が逆方向だから、学校を出て大通りに出たところで、いつも私たちは別れている。

信号が青に変わって、先輩に手を振って、自転車に乗る。横断歩道を渡り終えて、道路の向こうを見てみれば、先輩が、まだ私を見守っていて、目が合うと小さく手を振ってくれた。

夕陽が街を染め上げている。冷たい空気に、透明な朱色が溶け込んでいく。行きかう車のライトが滲んで光っている。ペダルを踏み込んでひたすらに進む。

自転車に乗れるようになった瞬間のことを覚えている。小学校一年生のときだった。苑子とハルと三人で、息吹が丘公園で練習したのだ。秋。ちょうど今頃の季節だった。

三人の中で、乗れないのは私だけだった。何度も転んですり傷をつくって、公園の水道で泥を洗い流した。冷たくて沁《し》みた。苑子が自分のハンカチで拭いてくれたのを覚えている。苑子のお気に入りだった、キャラクターの絵が入ったハンカチに、みるみるうちに泥と血が滲んでいって。ごめんねと言ったら、いいのいいのと苑子は笑ったのだ。

「あのね果歩ちゃん。自転車、こつは、まっすぐに前を見て漕ぐことだよ。一回、うまくいったら、あとは、すうっ、すうっと、進めるようになるから。私だってできるんだもん、きっとすぐに乗れるようになるよ」

苑子の笑顔は夕陽に照らされて、やわらかな髪が金色に縁取られて光っていた。

「果歩ー。苑子ー」

グラウンドの中央で、ハルが私たちを呼んで。私はサドルにまたがって、まっすぐ前を向いた。漕ぎ始めて、あれ、と思った。いきなり、するすると乗れるようになったのだ。

あっけなかったな、と思う。夕焼け空の下、ハルと苑子が自分のことのようにはしゃいで、喜んでくれて、私は、自転車でぐるぐるとグラウンドを回った。いつまでも漕いでいたかった。

団地へ続く坂道の途中で自転車を降りる。オガワのベンチには学校帰りの中学生たちがたむろしている。

あのころに、戻りたい。


「……何してるの？」

E棟の階段を、五階まで上りきったところに、ハルがいた。紺色のパーカにジーンズ、寒そうに背中を丸めて、空を見ている。

「おかえり、果歩」

「バイトはもう終わったの？」

「今日は休みだった」

秋の陽はつるべ落とし。あっという間に沈んでしまって、街は今、夕暮れと夜のあわいにある。空の端に残ったオレンジ、うす紫へ変わりゆくグラデーション、細くたなびく灰色の雲に、またたき始めた星。うすい、細い、月。

「もうすぐ新月だな」

「そうだね」

沈黙が降りる。ハルはじっと、黄昏の空を眺めたまま。私もハルのとなりで、白い月を見ていた。

ふいに、ハルの視線が私の方を向く。

「果歩。彼氏できたんだって？」

「……どうして知ってんの？」

「狭山が教えてくれた」

亜美が。わざわざ、ハルに。しょうがないなとため息をつく。

「よかったじゃん」

「ん。……まあね」

「昔から、全然、浮いた話、なかったしな」

「ほっといてよ」

ふいっと、横を向いた。悪かったね。

「好きなの？　そいつのこと」

「あたり前じゃん」

ふうん、と、ハルはつぶやくように言った。

まさか、そんなことを聞き出すために、ここで私を待っていたんだろうか。

まさか、ね。

ふたたびハルは口をつぐんでしまって。半端な沈黙が妙に居心地悪くて、私はハルに水を向けた。

「自分はどうなの」

「俺は、もういいよ。そういうの」

ハルは力なく笑った。

もういい、か。だよね。

私だって思っていた。もういらないと。勝手に傷ついて誰かを傷つけて、挙げ句取り返しのつかないことになる、そんなのはもうたくさんだと。そう思っていた。

でも。

「自分のことを好きだと言ってくれるひとがいたから。思いきって、飛び込んでみようかと思ったんだ。私は」

相手がハルでさえなければ。私は、陽だまりのように穏やかでほんのり甘い、そんな恋ができるかもしれない。そうしたら、もう。自由になれる気がした。

ハルはじっと私の目を見た。じっと見つめて、何か言おうとして、でも、何も言わない。

急に酸素がうすくなったみたいに、息が苦しくなって。私はハルから目をそらす。

「じゃあね」

早く帰らなきゃ。早く、ハルのもとを離れなきゃ。

ハルの横をすり抜けて、去ろうとした瞬間に、腕をつかまれた。

ハル……？

「ちょ……っ、何？」

ハルの手は。大きくて。熱くて。その目は、まっすぐに私の目を見つめていて。

「果歩。俺、……その」

「な、何？」

どうしてそんなに、切羽詰まったような顔をしているの？

「……いや、別に」

ハルは口をつぐんだ。

「じゃあ、離して」

「……ん。……ごめん」

もう一度さよならを言うと、私は、足早にハルのもとを去った。

ドアを開けて明かりをつける、誰もいない家。廊下にぺたりと座り込む。動けない。

ハルが触れた腕が、熱を持っていた。

# 六

母が、出し抜けに、そう言った。土曜日、午前十時になってやっと起きて顔を洗い、コーヒーでも飲もうとキッチンに立ったところで、だった。

「病院に、行こうか」

「病院？」

うなずいた母は、真剣な面持《おもも》ちだった。

両親とも、今日、明日と休みで、ドライブがてら姉のところへ泊まりに行くと言っていた。私は亜美と約束があったから留守番だ。

「来週のどこかで。お母さん、時間作って、ついていってあげるから」

婦人科に、と。母が言って、私のからだは強張った。

「あんたずっとおかしいでしょ。一回診てもらった方がいい」

「気づいてたの？」

「まあね。奈津《なつ》も中学のころは不規則だったけど、だんだん落ち着いたっていうか、周期が安定してきたんだよね。だからあんたも、姉妹だし、似たような体質なのかと思ってたんだけど、さすがに」

だらだらと続いていた少量の出血は、カレンダーをめくるころには止まっていた。

「いろいろ、つらいこともあったし、あんたは」

薬缶《やかん》のお湯が沸き始めて、湯気が噴き出している。私は急いで火を消した。

「仕事ばっかりで、そばにいてやれなくてごめんね」

「やめてよ、しんみりしないでよ。お母さんらしくない」

私は、つとめて明るい声を出した。

「ひとりで行くから、病院。大丈夫、子どもじゃないんだし」

インスタントの粉末を入れたマグにお湯を注ぎ、深皿にシリアルを適当に盛ってミルクをかける。母に、「味噌汁あるから、食べなさい」と言われて、シリアルに味噌汁なんて、と思ったけど、素直にもらうことにした。

昼前には両親は家を出た。私は亜美にメッセージを送って、身支度をした。スマホが短く鳴る。亜美からの返信。

——果歩の両親いないならさ。泊まりに行ってもいい？

そう来たか。私は、オッケー、と返した。


坂道の途中にあるバス停に、ゆっくりとバスは止まり、亜美を降ろして、鉛色《なまり》の排ガスをまき散らしながら走り去っていった。亜美は小振りのボストンバッグと、お菓子がぱんぱんに詰まったスーパーの袋を提げている。

「ごめんね、わざわざ迎えにきてもらって」

「いえいえ」

「理一先輩呼ばなくていいの?」

亜美から袋を受け取って、歩き出す。

「いいんです。受験生なんだし」

「でも。お泊まりチャンスだよ? 今日うち親いないんだー、ってやつ。きゃー、破《は》廉恥《れんち》」

「あのねえ」

ため息が漏れる。着いて早々この調子じゃ、先が思いやられる。

団地の敷地に入り、歩道を歩く。けやきの葉は赤茶けて、ときおり、乾いた風に吹かれてかさかさと音を立てる。あじさいは、すっかり葉を落としてしまっていた。

「へー。団地の中に、公園あるんだ」

亜美がいきなり走り出した。慌てて追いかける。

「うわっ、滑り台、小っちゃー」

すり鉢《ばち》を伏せたかたちの滑り台に、早速よじ登っている。本当に落ち着きがない。

「島本とも、ここで遊んだのー?」

「まあね。でも、このすり鉢、人気でね。いっつも高学年の男子に占拠されてて。六年生になるまで、なかなか登れなかったんだよね」

「ふうーん。ねえ、果歩もおいでよ」

　亜美は、そう言ってすり鉢のてっぺんから手招きしていたけど、いきなり目を丸くして、それから破顔《はがん》した。

「島本ーっ。今帰りー？」

　フェンスの向こうに、ハルの姿を見つけたらしい。ハルは敷地の東側――息吹が丘公園側の出入口――から、私たちのところまで歩いてきた。

「狭山、何してんの。小学生？」

「童心に帰ってただけー。あたしは果歩んとこに泊まりにきたの。今夜ひとりだって言うから」

「お父さんとお母さん、お姉ちゃんとこに泊まりに行くから」

　となりに立っているハルに、補足説明する。亜美が、つうう、と、すり鉢から滑り下りてきた。

「島本もおいでよ」

「ちょっと、何、勝手に。私の家なのに」

「いいじゃん。人数多い方が楽しいっしょ」

　ハルは、無表情のまま、「じゃ、行く」とだけ、ぼそっと、つぶやいた。

　亜美がはしゃいで私の家のあれこれを見て回っている間に、お湯を沸かしてコーヒーを淹れた。カップは三つ。

「狭山ってマジ小学生だな」

「だよね」

ハルはうちのダイニングテーブルの、いつも父が座っている椅子に腰掛けていて、亜美は、うわー、とか、へー、とか、これ何ー、とか、いちいちかん高い声を上げている。

「どぞ。インスタントで悪いけど」

「べつに何でもいいよ、こだわりとかねーし」

ハルが苦笑する。私も、いつもの自分の椅子に腰掛けた。ハルとは向かい合うかたちになる。ふいに、この間帰り際に腕をつかまれたときのことを思い出してしまって。

私はうつむいてハルの目を見ないようにした。

あのとき。ハルは、何を言いかけていたんだろう?

小さく首を横に振って、マグカップを手のひらで包む。

「ほんっと、熟年夫婦の雰囲気だよね、あんたたち」

亜美が戻ってきて、ハルのとなりの椅子に座った。ひとにらみして、亜美の分のカップを置く。

「サンキュ」

亜美はコーヒーをひと口、飲んだ。

「っていうか言ったっけ？　あたし振られたんだよね」

「例の、ピアスの彼？」

そうそう、と、亜美はうなずいて、それから、左の耳たぶを触った。

「彼女いるんだって。あーあ」

亜美は頬杖をついて、ぶうっと頬を膨らませた。

「果歩はいーなあ。愛されてて」

上目遣いで私を見つめて、それから、ハルに、ちらりと視線を送る。

「べつに愛されてなんか」

「めちゃくちゃ愛されてるよー。っていうかそもそもさあ、先輩が果歩にずっと片想いしてたの、みーんな気づいてたし」

「…………」

ことん、と、音がする。ハルがカップを置いたのだ。

「……おかわり、もらっていい？」

その声が、いつもより硬い。

「あ。うん」

立ち上がると、亜美が。

「ねーねー、もう、チューした？」

と。出し抜けに聞いてきて、私は固まってしまった。

「ちょ、亜美」

「まだなんだー。でも、手ぐらいはつないだんでしょ？」

「亜美！　怒るよ！」

「もう怒ってんじゃん」

からかうような口ぶりなのに、亜美の目は、笑っていない。

と、いきなり、ハルががたんと音を立てて、立ち上がった。

「どしたの島本ー」

「……いや。その、おかわり、自分で淹れてこようかと」

「いいよ、私が淹れてくる」

ハルのそばに寄って、その手からカップを奪う。そのとき、少しだけ指先がハルの手に触れて。ハルが、はっとしたように、私を見た。

「果歩」

「待ってて」

急ぎ、キッチンへ向かう。今日のハルは、どこかおかしい。

亜美が差し入れてくれたお菓子をつまみながら、亜美が借りてきたＤＶＤをだらだら観て、学校の友達の噂話をしたり、漫画を読んだり。まったりと過ごしていたのに、ハルとの間には、見えない糸みたいなものがピンと張っていて。普通にしゃべっていても、どこかぎこちなくて。私はどうにも落ち着かなかった。

やがて、夕暮れが近づいてきた。

「夕ご飯どうしよ？　亜美、何食べたい？」

「外に食べに行くのもだるいし、作るのはもっとめんどくさいし。ピザでもとる？」

「そうしよっか」

「とても料理部の会話とは思えねーな」

ハルが口を挟んだ。亜美は、ソファに寝転がってスマホをいじっている。亜美にソファを占拠されてしまったから、私とハルはラグの上に座っている。親が不在だというこどもあるけど、まるで自分の部屋のように寛《くつろ》いでいる亜美の様子に、ずいぶん違うんだな、と思う。

誰と、と一瞬考えた後で、無意識に苑子と比べていることに気づいた。苑子は、あんなに小さいころから一緒にいて、うちにもしょっちゅう来ていたのに、「ここはよそのお宅」と、かっちり線引きをする子だった。亜美と苑子はまるっきり違うタイプで、だけど私は、どちらも好きだ。

亜美はのっそりと身を起こした。

「ねえねえ、この近くにお惣菜《そうざい》屋さんあるよね？　バスの窓から見かけて、気になってたんだけど」

「ああ、『三村屋《みむらや》』。坂の下の。あそこうまいよ、とくに唐揚げ」

ハルが答えると、亜美は立ち上がった。

「食べたい！　あたし、買ってくる」

「今から？　だったら一緒に行く」

「いいって。坂道下ったとこだったよね。果歩はご飯炊いてて」

「だったら俺がついていく」

「いいから。まだ暗くなってないし、ひとりで行くよ」

立ち上がろうとしたハルを強引に制して、亜美は、自分の上着をつかんで、出ていった。

ドアの閉まる音。私とハルはふたりになった。

沈黙が落ちる。

つけっぱなしのテレビから賑やかな声があふれ出て、そのまま浮いて漂っている。地元テレビ局の、夕方の情報番組。声の高いタレントが、博物館の特別展示のレポートをしている。

「恐竜展、だって。ハル、好きだよね。観に行ったら？」

私はつとめて明るい声を出した。気まずい沈黙に飲み込まれてしまうのは嫌だった。いつも通り、いつも通りと自分に言い聞かせる。

「昔、化石のガチャガチャにはまってたじゃん？　あれ、まだ集めてるの？」

「いや」

ハルは首を横に振った。

「あのガチャガチャ自体、もう見かけないんだよな。オガワにももうないし」

「そう、なんだ」

いろんなことが、変わっていく。

「直角石？　だっけ。くれたじゃん、私に。だぶったからってさ。私、まだ持ってるんだよ。化石だって思ったら捨てたりできなくて」

寂しさを振り払うように、私はしゃべり続けた。

「懐かしいな。琥珀が出たときはマジで興奮したな」

ハルも笑った。ハルが苑子に贈った、あの美しい琥珀。苑子と一緒に天に昇ったんだろうか。

苑子のことを思い出すと、胸がきゅっと締めつけられた。ハルも苑子のことを思い出したのか、ふたたび口をつぐんで。じっと、物思いに沈んでいる。

黙り込んでしまった、私たち。何でもいいから気を紛らわせたくて。お菓子が散乱したローテーブルの上を片づけようと、腰を上げて空いたグラスに手を伸ばしたら。

「あのさ」

と、ハルが気まずい空気を破った。

「よくドラマとかでさ。死んだひとは、いつまでも心の中で生き続ける、とかいうじゃん」

「言う、ね」

心臓が早鐘《はやがね》を打ち始めていた。苑子の話、だ。苑子を亡くして以来ずっと、正面切って、苑子の死について話をすることを、お互い、避けていた。

「確かに生きてんだけど。でも、年取んなくて。……あたり前だけど」

「私も同じだよ」

夢に現れる青い傘、ふとした時に思い出す仕草、子どものころの出来事。だけど、最後に私が放った言葉と、それを受けた苑子の白い顔が蘇りそうになると、胸がつぶれそうになって。私は、咄嗟に逃げていた。蓋をして、意識をそらす。そんな自分を、卑怯《ひきょう》だと思う。

ハルは淡々と続ける。

「リアルな苑子じゃないんだよ。何か、記憶の中で、俺が苑子を、都合のいいように作り変えてる。そんな気がしてて」

「琥珀の虫じゃない、ってこと？」

「そういうこと」

琥珀の虫は、そのままの姿で閉じ込められて半永久的に変わらないけど、記憶の中に住んでいる人間は違う。成長も老化もしないかわりに、何度も再生しているうちに変容していく。そういうことが言いたいのだ。

わかる気が、しなくもない。

「仮に、だよ」

私は黙々とテーブルを片づける。グラスをトレイに乗せ、スナック菓子の袋をごみ箱に放っていく。

「もし仮に。俺に好きなやつができた、って言ったら。苑子、どう思うかなって」

布巾《ふきん》で、テーブルの上を拭く。うるさいほどに、鼓動《こどう》が高鳴っている。

「俺の中の苑子、怒らないんだよ」

ラグに落ちた細かい屑《くず》を拾って捨てる。

「あいつ、そういうやつじゃないじゃん。むしろ、幸せになってねとか言って笑ってそうで。でもさ、それって、勝手だよな。俺がそんなふうに、自分に都合のいいように思い込んでるってことだから」

「……怒らないけど、悲しむんじゃない？」

も。

悲しみを押し込めて、ほほ笑む。そんな気がする。

「そうか。果歩の中の苑子は、悲しむんだな」

私の中の、苑子。たとえそれがリアルな苑子じゃなくても。心の中にしかいなくても。

もう二度と、悲しませたくない。傷つけたくない。

「やっぱり俺は、自分勝手だ」

つぶやくと、ハルはじっと私の目を見つめた。小さいころから知っているのに、これまで一度も見たことのない、熱のこもったまなざし。

「ハル……？」

瞬間、ハルが手を伸ばした。私の方に。その手が、そっと、床に置いた私の手に触れる。

わずかに。ぴり、と、甘い痺れが走って。私は動けない。息が止まりそうで、

重なったハルの手はあたたかくて、そして、かすかに震えている。

「果歩、俺」

動けない。目を、そらせない。だけど。

電子音が、響き渡った。私のからだはびくりとはねた。

「あ。……電話」

鳴っているのは私のスマホ。亜美かもしれないと、拾い上げると、

「……先輩」

理一先輩からだった。

「ごめん。彼氏から」

告げると、ハルを残して、私は外へ出た。

鼓動が、まだ激しくて。ちっとも治まらない。ドアにもたれかかり、深く息を吸って吐き、冷たい空気で頭を冷やす。大丈夫、大丈夫。

「もしもし」

「もしもし、果歩。今、話せる？」

「はい。何かあったんですか？」

「何も。何となく、声が聞きたくなって」

くぐもった声。ずくんと、心臓が痛んだ。

夕陽が赤い光を放って街の向こうに沈もうとしているのが見える。ここで生まれてここで暮らして、毎日のように見てきた、一日の終わりの輝き。

他愛《たわい》ない会話を続ける。胸の痛みに締め上げられる。

どうして。私は先輩を裏切ったわけじゃない、だけど、ハルを振り払えなかった。

とんとん、と、階段を上がる足音が近づき、やがて、ビニール袋をぶら下げた亜美が電話している私の真横に立った。空いたほうの手をすっと伸ばし、私から電話を奪う。

「ちょっと亜美」

「せんぱーい。サヤマでーっす。今日、果歩んちにお泊まり。いいでしょー」

「ちょ、返して」

「じゃ、また。勉強ガンバってくださいねー」

ことさら陽気な声を上げ、亜美は電話を切ってしまった。はい、とスマホを私に寄越す亜美は、びっくりするほど、真顔だった。

怒ろうと思っていた気持ちを削《そ》がれてしまって、宙ぶらりんのまま、とりあえず部屋に戻ろうとしたら、ドアが開いた。

「俺、帰るわ」

ハルは私の目を見なかった。

「うん。……バイバイ」

すれ違うとき、私の肩がハルの腕にぶつかって。

ハルの、においがした。柔軟剤と、ハルの家のにおいが混ざったにおい。ハルだけの、私だけがわかる……。

「……果歩」

「亜美。寒いから早く入ろう。唐揚げ冷めるし」

「うん」

ドアを閉める。

夜は、私の部屋に布団をふたつ並べて寝た。電気を消して、常夜灯《じょうやとう》のオレンジ色の光だけを残して。目を閉じても、頭の芯が冴えて眠れない。

となりに眠る亜美が、目を開けて、布団に手を入れて、私の手を握った。

「今だったら、先輩の傷も浅いんじゃない？」

低い声でつぶやいて、亜美は、つなぐ手に力を込めた。傷。傷。

「果歩は、先輩と島本と、本当に好きなのは、どっち？」

何も答えないでいると、亜美はさらに続けた。

「島本でしょ。違う？」

「もう遅いから。私、寝るね」

「逃げないで、果歩」

「逃げてない。私は……。私だって、幸せな恋がしてみたいと思っただけ。ハル以外のひととなら、きっとそれができるって」

「ばかみたい。それって、島本じゃなきゃだめだって言ってるのと同じじゃん」

「違うし」

「違わない。ねえ、どうして果歩は自分の気持ちを認めないの？　死んだ友達に遠慮してるの？　島本がその子のこと、忘れられないって言ってんの？」

首を横に振った。枕と頭が擦れて音を立てる。暗がりの中、時計の秒針の音が響いている。

亜美は、懸命に私の目を見つめ続けている。

苑子に投げた、自分の、ひどい言葉。私がハルを好きにならなければ、ずっと、子どものころのような、まっさらな気持ちでいられていたなら。苑子にあんな思いをさせることはなかった。

でも、言えない。亜美に、最低な人間だと思われたくない。

「自由になりなよ、果歩。いつまで、死んだ友達に縛られてるの？」

自由になるのが怖い。

「ずっと、ずっと。縛られたまま、生きていくつもり？」

それでもいい、と。答えた私の声は、わずかに震えていた。

苑子に縛られていたくない、と、あのとき私は言った。その言葉が、そのまま自分に返ってきた。まさか死んでしまうなんて。二度と会えなくなるなんて。苑子。

空の青、波にもまれたガラスの青。梅雨に咲く花の、青。

まぶたの裏の、傘の、青。

# 七

ホルモンバランスの乱れでしょうね、と、医師《せんせい》は言った。

おそらくそうだろうな、と、自分でも思っていた。

いろいろ検査を受けて、とくに異常は見つからなかったのだ。

「悩みの多い年頃だけど、あまり抱え込まないようにね。女性のからだは、そういうのに、すごく影響を受けるんだよ。漢方薬《かんぽうやく》出しておくから、それで様子見ようか」

はい、と答える。

初潮をみたのは中一のときだけど、苑子が亡くなってから、しばらく止まっていた。

今思えば、食べられなくて体重が落ちたせいもあるのだろうけど、どうでもよかった。生理が戻ったときは、はっきり言って、忌々《いまいま》しかった。

診察室を出てロビーのソファに座る。待合には、おなかの大きな女のひとがちらほらいる。高校の制服を着ている患者なんて、私ぐらいだ。

年配の女のひとが、自分が付き添っている妊婦さんに、ひそひそ何かを耳打ちしている。自意識過剰だとは思うけど、私のことを変なふうに誤解して陰口を叩いているんじゃないかと疑ってしまって、存在感を消すようにソファの端で背中を丸めた。

婦人科イコール妊娠と、誰もが思い込んでいるわけではないと、私だってわかっている。でも、もしも近所でよからぬ噂を立てられたら嫌だし、本当は、団地の近くの病院は避けたかった。だけどここは、母のかかりつけの病院らしく、果歩もここに行きなさい、先生腕がいいし説明もわかりやすいからね、あんたも奈津もここで生まれたんだし、と、半ば強制的に薦《すす》められたのだ。

団地からの細い坂道を下りきって、大きな通りに出て、しばらく進んだ先にある河を渡ってすぐの場所にある。病室から河が見えたそうだ。生まれたての私も、そこにいたと。記憶はないけど。

名前を呼ばれ、受付で会計を済ませ処方箋《しょほうせん》をもらう。と、果歩ちゃん、と、声を掛けられた。

振り返ると、千尋さんだった。

「こんにちは。お久しぶりです」

「そうだね、ずいぶん会ってなかった。あ、晴海からもらったよ、シフォンケーキ。美味しかった。ありがとうね」

受付を済ませた千尋さんと、待合で、少し、話をした。

「千尋さん、今日、休みですか」

「うん。果歩ちゃんは学校帰り？　どこか具合でも悪いの？」

「ちょっと。でも、そこまで心配はいらないみたいです」

「……そう、それならよかった」

千尋さんは、少しほほ笑んで、それからソファにもたれてゆっくりと息をついた。長い髪をひとたば指に巻きつけて弄《もてあそ》びながら、ぼんやりと虚空《こくう》を見つめている。

「大丈夫ですか？　少し、顔色が」

「ああ、ごめんね。ゆうべあんまり眠れてなくて……。大丈夫よ」

千尋さんは明るく言ったけど。ひどく疲れているように見える。

千尋さんが診察室に呼ばれて、私は挨拶をし、病院を出て、駐車場を挟んでとなりにある調剤薬局に向かった。

どこか具合が悪いんですか、とは、聞けなかった。看護師で、親しいおとなりさんで、大人の女性である千尋さんが、女子高生の私に聞くようには。

午後五時を過ぎて、川面を渡ってくる風は冷たく、私は身をすくめた。河川敷のすすきの穂は開いて、朱い陽に照らされて揺れている。

ハルはあれから、何も言わない。亜美も。ハルのことには、触れない。

いつも通りだ、すべてが。

中庭の銀杏ははらはらと葉を落としている。降り積もった黄金色の葉っぱたちが、

る。

土曜日、文化祭初日。料理部は例年通りアイスボックスクッキーを焼いて売っている。

亜美が事前に宣伝しまくっていたおかげで、今日の分は一時間で完売した。よって空き時間が増えて、私は理一先輩と、中庭の小路を歩いている。受験生である先輩は、さすがにもう部活に顔を出すことはなくなっていた。

十一月も下旬だというのに、あたたかな日が続いている。のどかな小春日和《こはるびより》、銀杏のそばの芝生には赤い敷物に赤い和傘。茶道部が野点《のだて》をしていて、生徒がちらほら集まっていた。

文化祭は二日間。初日の今日は一般に開放する日だから、校舎のどこもかしこも人が多くて、皆、浮き足立っていて、どこかふわふわする。

「果歩のクラスは何をやるんだっけ？」

「モンスター喫茶です。ドラキュラとかゾンビとか、そういう仮装をするんです」

私も午後から参加予定だ。

「ふうん。じゃあ俺も遊びに行く。果歩のコスプレなんて今後絶対に見られないだろうし。何やるの？」

「口裂《くちさ》け女です」

「和洋折衷《わようせっちゅう》なんだな」

　腕時計を見ると、十一時半。そろそろお弁当を食べないと。どこで食べようかと、先輩と相談していたら。

「あ、ドラキュラ」

　先輩が言った。玄関ホールのあたりから、背の高い、黒ずくめの男子が、黒いマントを翻しながら駆けてくる。

「……ハル」

「知り合い？」

「あ。同じクラスの」

　駆けてきたハルは、私と先輩と、すれ違った。一瞬目が合ったけれど、何も言わず、それどころかスピードすらもゆるめず、駐輪場のある方向へと走り去っていく。

　あんなに急いで、珍しい。

「……果歩？」

　先輩が、眉を寄せて、私の顔をのぞき込んだ。

「どうしたんだ、ボーッとして」

「あ。いえ、あんな恰好で学校の外に出たらやばいんじゃないかって思って」

　何か足りなくなって、緊急で買い出しに行く羽目になったに違いない。

ばかですよねと、笑顔を浮かべてみせると、先輩は、おもむろに、私の手を取った。

「先輩。……ここ、学校なんですけど」

見上げると、耳たぶまで真っ赤になっている。

「わかっている」

「わかっている」

先輩は、もう一度、つぶやいた。

「ボーッとしてると危ないだろ。何でもないところでもこけるからな、果歩は」

「そんなへま、やらかしたことありませんから」

「しょっちゅうだろう？　分量を間違えたり、焦がしたり」

「やらかすのは料理限定です」

「料理部員としてどうかと思うよ、その発言」

先輩は私の手をぎゅっと握りしめた。つないだまま、校舎へ向かって歩く。

これでいいのだ。


口裂け女のメイクをしてくれたのは、亜美だった。顔をべったりと白く塗り、真っ赤なルージュで思いきり口を大きく描く。肩まである髪をぼさぼさに乱して、真っ赤なコートを羽織れば完成だ。

「ねえ亜美、口裂け女ってマスクしてるんじゃなかったっけ。私の顔は綺麗？って言ってマスクをそっとはずすんでしょ？」

「知ってる。で、ポマードって三回唱えると逃げるんだよね」

「そうそう！　ポマード！　でも、何でポマードなんだろうね？」

「っていうかポマードって何？」

「おじさんがつける整髪料だよ。ワックスとか、クリームみたいなやつ」

「へえー。さては、口裂け女はおじさんのにおいが苦手なんだ？」

私は思わずふき出した。

「何その発想！　そんなこと考えたことなかったよ」

ふたりして、笑う。亜美の頭につけた大きな猫耳が揺れた。亜美は、猫又《ねこまた》に扮するとかで、大きな猫耳カチューシャに着物、長い尻尾をふたつ付けている。和洋折衷どころか、怪物から都市伝説から妖怪まで、何でもアリだ。

教室内には暗幕が張られ、蜘蛛《くも》の巣や蝙蝠《こうもり》の羽のモチーフで飾りつけている。机を四つずつくっつけてクロスを掛けたテーブルに、椅子。グラスがわりに使うのは理科室から借りたフラスコやビーカー。いまいちコンセプトが定まりきれていない気がする。

お客さんが入ってきた。

「ようこそわが主《あるじ》の館へ」

と、無表情で、ぼそぼそと告げる。お客さんの目を見てはいけない。にこやかに接客するのはNGらしいのだ。というか普通に恥ずかしいし、そもそも主とは誰だろう。

やってきたのは杉崎くんだった。猫耳の亜美に早速声を掛けている。亜美が失恋したという情報をハル経由で知ったのかもしれない。

「あのっ。ドラキュラ伯爵《はくしゃく》！　一緒に写真撮ってくださいっ！」

はしゃいだ声が聞こえた。見ると、中学生ぐらいの女の子ふたり組が、ハルを囲んでいる。ちょうど手が空いたから、そばに寄って、「私が撮るよ」と笑いかけた。

「ありがとうございます！　お願いしますっ」

手渡されたスマホ画面を三人に向けて、シャッターボタンを押す。ハルは無表情。モンスター喫茶の設定を守ってるんだろうなと思ったら、なんだかおかしくて、私は少し笑った。

女の子たちは私たちに何度もお礼を言ってから、教室を立ち去った。

「かわいい子たちだね。ハルのくせに、もてるじゃん」

「ドラキュラのコスプレが珍しいだけだろ」

ハルはぶっきらぼうに言った。少し頬が赤い。

ふいに、この間のことが蘇る。ハルの手が私の手に重なって、動けなくなって……。

だめ。私はハルから顔をそらして、思い出さないようにつとめた。あれから今まで、私もハルも、何事もなかったかのように振舞ってきたのだ。

「ところで、さ。その……、あいつが、彼氏?」

ハルも私から目をそらしている。

「あいつって……?」

「中庭で一緒にいたやつ」

やっぱりあのとき、見られていたんだ。私は黙ってうなずいた。ふうん、と、ハルのつぶやきが聞こえる。

「すげーイケメンじゃん。果歩にはもったいないんじゃねーの?」

「な。何よそれ。どういう意味?」

軽口を叩きながらも、私もハルも、どこかぎこちない。

「果歩ちゃーん!　お客さんだよー」

呼ばれて、慌てて入口に目をやる。現れたのは理一先輩だった。先輩は私に気づくと、ふわりと笑んで、小さく手招きした。

となりを見やると、もうハルはいない。どこかへ、行ってしまった。

小走りで先輩のもとへ。空いている席に案内して、メニューを渡す。

「似合ってるよ、口裂け女」

「それは……どうも」

「ドラキュラの彼と、仲いいんだね」

さらりと言われて、どきりとした。

「仲いいっていうか。腐れ縁。腐れ縁なんです。家が近くて」

そう。単なる、腐れ縁。たまたま家がとなり同士だっただけの、幼馴染。今までもこれからも、それは変わらない。

先輩は何も言わなかった。

先輩が帰ってからも、料理部メンバーが来てくれたり、お客さんは途切れることがなく、それなりに忙しく接客をこなし続けた。

でも、いつの間にかハルはいなくなっていた。「島本ならバイトがあるって帰ったよ」と、誰かが教えてくれた。

文化祭の日も、バイトか。あまり根を詰めすぎないといいけど。

そのうち陽も傾き始め、そろそろ店じまいの時間が近づいてきた。人もまばらとなり、片づけ準備を始めているクラスもある。少し疲れてぼうっとしていると、

「沢口。お客さん」

グラスと紙皿を片づけていた同級生のゾンビ男子に小突かれて、我に返る。

「千尋さん！　髪！」

「ポマードポマードポマード！」

千尋さんはおどけて、くすくす笑った。長い髪をばっさり切って、ベリーショートにしている。

「昔、晴海に教えてもらったの。まだうーんと小さいころだけど」

「あの。すみません、ハルならもう帰ったらしくて」

「いいのいいの、ちょっと時間ができたから寄ってみただけ」

「髪。似合ってます、すごくかっこいい」

「そう？　ありがと」

私は千尋さんを窓際の空いているテーブルに案内した。千尋さんからアイスコーヒーのチケットを受け取る。

「果歩ちゃん。普段の、晴海の席はどのへん？」

「ちょうど、このあたりです。窓側の一番後ろ」

「ふうん……。あの子、まじめに授業受けてる？」

「寝てます」

すると千尋さんは、ぷっとふき出した。そして、目を細めて、教室や立ち回るクラスメイトたちを眺めている。

「千尋、さん？」

どきりとした。いきなり、千尋さんの頬を涙が伝ったのだ。

「あ。あ、やだ。どうしたんだろう」

千尋さんはバッグからハンカチを取り出して目を押さえた。

「やだなあ、最近ちょっとしたことで泣いちゃって、歳かなあ」

「大丈夫、ですか……?」

「大丈夫、大丈夫」

そう言って笑っていたけど。今日の千尋さんは、どこかおかしい。

結局。初日、モンスター喫茶ラストのお客さんは千尋さんだった。コーヒーを飲み終えても、ずっと、教室でぼんやりしている。

「千尋さん、すみません。もうお店おしまいなんです」

「あ。ああ……、ごめんね」

我に返ったように席を立ち、バッグをつかむ。

そして、果歩ちゃん、と、私を呼んだ。

「何時ごろ、帰れるの?」

「片づけ終わってメイク落としたら、もう解散です」

「そう。じゃあ、どこかで何か食べない?」

「ハルじゃなくて、私?」

千尋さんはうなずいた。

高校から、さらに市の中心部の方へと千尋さんの車は走り、路面電車の走る通りを抜け、路地にある小さなコインパーキングで止まった。黄昏時も過ぎ、透明な、藍色の空に星がまたたき始めている。夜の始まり、昼間はあんなにあたたかかったのに今は冷えて、車から降りた私は思わず身を縮めた。それを見た千尋さんは、自分の大判ストールを私の肩に掛けてくれた。

「ありがとうございます」

「いいえ」

ストールは、ほんのり、〝ハルの家のにおい〟がする。それに、化粧品のにおいも混じっている。大人の女性の香り、ハルとは違う。

雑居ビルの間の狭い道を歩いていく。飲食店が多くて、いたるところから、あたたかい色の照明と揚げ物のにおいが零れている。

「カレーでいい？」

「はい」

「晴海をよく連れていったお店なんだ」

「ハルを呼ばなくていいんですか？」

「バイト仲間と食べてくるからいいって、返信来た」

相手してくれなくて寂しいよ、と、千尋さんはぼやく。

そこは看板も小さく、注意して見なければうっかり通り過ぎそうな、小さなお店だった。

ドアを開けたとたん、スパイスの香りに包まれた。照明は絞ってあって、ほの暗い。四人用のテーブルがふたつ、二人用のがふたつ、それから、カウンター。その向こうが厨房《ちゅうぼう》になっているようだ。奥の小さなテーブルに案内され、私は千尋さんと向かい合わせに座る。店員さんが、すぐにお水とメニュー表を運んできた。

カウンターにスーツ姿の白髪の男性がひとり、四人用のテーブルに、若い男性が三人。

「ここのね、あんまり辛くないんだ。希望すれば調節はしてくれるけど」

看板メニューのビーフカレーをふたつと、サラダを、千尋さんは頼んだ。

「ありがとうね、私につき合ってくれて」

そう言われて、いいえ、と首を小さく横に振る。

「うち、息子ひとりでしょ？　私ね、ずっと女の子が欲しくて。娘とデートするの、憧れてた。でも、離婚しちゃったからさ」

店員さんが、セットのサラダを運んできた。食べて、と千尋さんが促す。

「私ね、果歩ちゃんがかわいくて。苑子ちゃんも。娘みたいに思ってる」

率直な言葉が、嬉しいけれど、少しこそばゆい。

「晴海はひとりっ子だし、親の都合で振り回して、たくさん寂しい思いをさせた。でもね、あじさい団地に来て、果歩ちゃんや苑子ちゃんたちが仲よくしてくれて、本当によかった」

ありがとう、と。千尋さんはしんみりと言った。

「苑子ちゃんのことは、残念だったけど」

沈黙が降りる。ＢＧＭのない店内で、食器の音や、他のお客さんの会話が、浮き上がっていく。

「祥子《しょうこ》さんのことも、もっと支えてあげられればよかった」

祥子さん。苑子のお母さんの名前だ。

中三の初夏、苑子の一周忌《き》に合わせて、遠い海辺の街に、母と千尋さんとハルと一緒に、仏壇《ぶつだん》とお墓に線香をあげに行った。苑子のお墓は、海を見下ろす丘の斜面にあった。翌年からは、私はひとりで、電車でお墓参りに行っている。お花を供えて線香をあげるのみで、苑子の家族には会っていない。ハルも行っているのかもしれないけど、確かめたことはない。

サラダを口に運ぶ。ドレッシングはかかっているのに、味がしない。

「笑わないでね」

千尋さんはフォークを置いた。

「どっちかがお嫁に来てくれて、本当の娘になってくれたらな、って。夢見てた」

ふふふっ、と、私に笑うなと言った、当の千尋さんが、おかしそうに笑っている。

そして、ふっ、と、私の目を見た。もう笑みは消えている。

「果歩ちゃん。これからも、晴海のことを好きでいてくれる？」

射抜かれたみたいに、千尋さんのまなざしから、目をそらすことができない。

おまたせしましたビーフカレーです、と。カレーの皿が目の前に置かれて、やっと
私は視線を外した。

「……私、は」

涙が、勝手に。せり上がってくる。

「私はハルを想ってちゃいけないんです。苑子にひどいことを言って傷つけたんです。

自分が醜《みにく》くて、情けなくて」

鼻の奥がつんとする。涙なんか、零したくないのに。

「苑子じゃなくて、私が。死ねばよかったのに」

果歩ちゃん、と。恐ろしく冷たい声で、千尋さんが私の名前を呼ぶ。

「甘えないで」

さっきまで、優しく、凪いだ水面のようだった千尋さんの瞳は、今、凍りついている。

「二度と口にしないで。死ねばいい、だなんて。自分のことを」

「……ごめんなさい」

抑えていた涙が、頬を伝った。千尋さんの顔は、まだ、強張っている。

「苑子ちゃんの気持ちを考えなさい。果歩ちゃん、あなた。後悔ばかりで、ちゃんと、悲しむことができてないんじゃないの？」

悲しむこと。もちろん悲しいに決まってる、でも。

千尋さんは、ふう、っと、細いため息を漏らした。

「食べよう。冷めちゃう」

ふたたび笑ってくれたけど、その目には、寂しさの色が浮かんでいて、ひどく疲れているように見えた。もう一度謝ると、「いいから」と、千尋さんは、カレーを食べ始めた。

私も、涙を拭いた。黙々と、いただく。深いコクがあるけど辛くないカレーライスは、なるほど確かに子どもでも食べられそうだ。子ども時代のハルと、千尋さんの暮らしを思う。

半分ほど残して、千尋さんはスプーンを置いた。私が食べるのを見つめながら、ゆっくりとグラスのお水を飲んでいる。まだ千尋さんの怒りはほどけていない。自分の浅はかさに、胸が痛んだ。

帰りの車の中で、ずっと無言だった千尋さんは、ふと、「ごめんね」と零した。信号が赤に変わり、ゆっくりと車は減速する。前の車のテールランプの赤が夜に滲んでいる。

「言いすぎた。でもね、……わかって」

千尋さんは、フロントガラスの向こうを見つめたまま。

私は答える言葉を持たず、となりでハンドルを握る千尋さんの、その白い横顔を、ただ、じっと見ていた。


千尋さんが入院したことを知ったのは、その、一週間後だった。

## 八

ハルは今日も机に突っ伏して寝ている。昼休みの教室、朝方の厳しい冷え込みがゆるんで、春のようなやわらかい陽がカーテン越しに射し込んでいる。

「果歩。……果歩。ちょっと、聞いてる?」

はっと我に返ると、目の前に、亜美のふくれっつらがあった。机に広げた自分の数学のノートには、意味不明なぐちゃぐちゃの線の塊《かたまり》がある。無意識にシャーペンを行ったり来たりさせていたらしかった。

「ごめん亜美、何だったっけ」

「だーかーらー。杉崎くんって実際どうだったの？　中学のとき。って話」

「あ。ああ。えっと、今と同じだと思う、基本。常にセンターにいるひとって感じ」

亜美は杉崎くんにデートに誘われているらしい。彼の人となりについてはハルの方が詳しいと思う、と、言おうとしたけど、何となくやめた。

ハル。

ハルは今、ひとり。

他人《ひと》に言わないようにね、と、母に言われた。千尋さんの入院のこと。手術をするらしい、何の病気かは詳しく教えてくれなかった、ただ、命に関わるようなものではないらしい。というのが、母が千尋さんから聞いた情報で、母もそれを信じきっている。

――うちはね、ほら、晴海くん今ひとりだから。高校生だし自分のことは自分でできるだろうし、そのへんは心配ないけど、もし何かあったら、そのときはお世話になりますってことで、それで教えてくれたのよ。

母の声が脳裏に蘇る。

——あっちゃいけないことだけどね、晴海くんが事故や事件に巻き込まれるとか、高熱で倒れるとかね、そういうこと。一〇〇パーセントないとはいえないから、って。

何か、あったら。その言葉で私が真っ先に連想したのは、ハルじゃなくて、千尋さんのことだった。千尋さんの身に何かあったら。

「もうっ、果歩！」

パシンと、肩をはたかれる。亜美は眉をつり上げて私をにらみ、そして、ふっと、ため息を漏らした。

「そんなに気になるなら、直接聞いてみたら？」

「……何を」

「知らないし！　ただ、イライラするから、最近の果歩見てると。喉の奥にでかい何かが詰まったみたいな顔してさ」

「ごめん」

ハルが身を起こした。なんだか顔色がよくないような気がする。ハルは小さく息をつくと、立ち上がって席を離れた。そのまま教室の外へ。

「果歩。追いかけな」

亜美が私の背中を押した。

階段を下りる途中のハルに追いついた。名を呼ぶと、ハルは、踊り場のところで歩を止めて振り返って、私を見上げる。呼吸を整えながら、私は、ゆっくりと下りていく。

「何か用?」

まっすぐに私を見つめるハルの目からは、どんな感情の色もすくい取れない。蓋をしている、と思った。苑子を亡くしたときと同じ。心が、ここに、ない。

踊り場の窓から青い空が見える。私は自分のスカートの生地をぎゅっとつかんだ。

「千尋さんの、ことだけど」

「ああ」

「入院したって聞いて。……その、大丈夫なの?」

さあ、と。ハルはぼんやりと返した。

「どのぐらい進行してるか調べるための手術だって言ってた」

「どういうこと」

「ごめん。ちょっと、話せない」

ハルは私に背を向けた。広い背中、紺色のブレザーが私を拒んでいる。

「私、お見舞いに行ってもいい?」

「そういうのも、ちょっと。気持ちはありがたいけどさ……、心配ないから」

心配ないから、という声は硬くて、言葉に詰まる私をおいて、ハルは階段を下りていってしまう。私は、とん、と、壁にもたれかかった。

ハルは病院に通っているのだろうか。

千尋さんが入院しているのは、私とばったり会った、あの婦人科ではなくて、となりの区の中心部にある大学病院らしい。同じ市内とはいえ、あじさい団地からはかなり遠い。高校からもけっこうな距離がある。学校とバイトを続けながらの病院通いは車のない高校生にとっては移動だけでもハードだ。ハルはちゃんと眠れているのだろうか。食べているのだろうか。

「具合でも悪いのか」

先輩が私の顔をのぞき込んだ。眼鏡の奥の目が不安げに曇っている。私は慌てて首を横に振った。

学校が終わってから、図書館の自習室で、理一先輩に数学を教えてもらっている。模試の結果が悲惨《ひさん》だったことを話すと、勉強につき合うと言ってくれたのだ。受験生の手をわずらわせるのが申しわけなくて遠慮したけど、ひとに教えることで自分の考えの整理にもなるし、復習にもなるんだと先輩は笑った。

「すみません、暖房効きすぎてて、頭がぼうっとしちゃって」

「休憩して、外の空気でも吸おうか」

先輩は立ち上がった。私も遅れて席を立つ。

図書館のとなりにある芝生公園のベンチに並んで座る。そばの自販機で、先輩が缶コーヒーをふたつ買ってくれた。

空気がうすいような、呼吸がしづらいような感覚が続いていた。ハルの空虚《くうきょ》な目、私を拒む背中。ずっと、灰色の綿《わた》のような塊が胸の中に絡みついているようで。

葉を落とした桜の木々が、冷たい北風に吹かれて揺れている。先輩が缶のプルタブを開けたとたん、湯気で眼鏡が曇って、私は少し笑った。

「やっと笑った」

「……私、そんなに無愛想でした？」

「というか、心ここに在らず、という感じ」

「すみません、難しくて、すぐに理解できなくて。わざわざ時間を割いてもらってるのに」

「すぐ謝るよな、果歩は」

先輩は、コーヒーをひと口、飲んだ。

「つき合い始めてからは、とくに。敬語も抜けないし」

「だって」

「この間まで、散々嫌味言ってたからな」

「……今は、優しすぎるぐらいです」

優しすぎて、なぜか、申しわけなくなってしまう。

淀み始めた空気を変えるように、先輩は、からりと明るい声を出した。

「少し先の話だけどさ。……クリスマス。どこか行こうか。イルミネーションとか」

「そんな、センター試験直前じゃないですか」

「だから果歩にパワーをもらいたい。って言ったら？」

「でも」

それで、もし、先輩が風邪でも引いてしまったら。うつむいて黙り込んだ私に、先輩は小さなため息をついた。

「会いたいんだ、果歩に」

「…………」

「会いたい。離れた瞬間から、すぐにまた会いたくなる」

そっと先輩の横顔を盗み見ると、顔は真っ赤に染まり、前を見つめたまま、硬く強張っていた。

「果歩は」

風が吹いて、先輩の前髪がさらりと揺れる。

「果歩は。寂しくならないのか?」

「寂しい、です」

答えて、缶のプルタブを起こし、口にした。コーヒーは、もう、ぬるくなり始めていた。


十二月になって、街は一気にクリスマスの装いになった。

週末の放課後。学校から少し足を延ばして、路面電車の走る通り沿いの書店に来ている。児童書のコーナーに大きなツリーが置いてあって、プレゼント用にと、冬の絵本が平積みされていた。今私たちがいる参考書の棚にも、雪の結晶のモビールが吊り下げられていて、揺らめいて光っている。

「すみません、問題集選びまでつき合ってもらって」

「だから。すぐ謝るのはやめよう?」

先輩は苦笑した。

お店を出ると、街はうす墨《ずみ》を広げたような暗さだった。雲に覆われた空からは、夕暮れの朱い光も射さない。

路面電車がレールを軋ませて走っていく。

午後から雨という予報が出ていたから自転車では来なかった。だけど、まだ降り出す気配はない。

「せっかくだし。街の方に行って、何か食べてく？」

誘われるがままにうなずく。母は飲み会で父は泊まりの出張。ひとりで食事をとるのは億劫だった。

電停《でんてい》にふたり並んで、繁華街方面へ行く電車を待つ。走り去る車のライトが白く光っていた。今日は金曜、午後五時を過ぎて、行きかうひとたちは皆、浮き足だっているように見える。こんなに重い雲が垂れ込めているというのに。

どこか。取り残されたような気分だった。

「――ないの？」

「え？」

「聞いてた？　果歩、アクセサリーとか興味ないの、って。言ったんだけど」

「あ。えっと、そこまで……」

「ふうん。じゃあ、かわいい雑貨とか、そういうのがいいのかな」

「すみません、話が見えないんですけど」

「クリスマスプレゼントだよ。趣味に合わないものをもらっても、困るだろう？」

それは。先輩が、私のために。贈ってくれる、ということだろうか。

「だめです、そんな。もらえないです」

「つき合い始めて、最初のイベントだし。何か残るものを、と思ったんだけど」

先輩はかたちのいい眉をわずかに寄せた。イベント、とか。記念日とか、そういうものを大切にするタイプなのかもしれない。意外だ。

長いブレーキをかけながら電車が停まった。ひとが吐き出され、入れ替わりに乗り込む。座席はすべて埋まっていたから、つり革につかまって立った。暖房が効いた車内は、乗客の熱気でさらにあたたかく、コートを脱いでしまいたいぐらいだ。

電車が動き出す。はずみでよろめいて、となりにいる理一先輩にぶつかってしまった。慌てて離れる。

「大丈夫？　果歩」

「大丈夫です、ごめんなさい」

「また謝った」

先輩は呆れ声だ。

「なんなら、ずっともたれかかっていてほしいぐらいなのに」

「……え？」

先輩は、何でもない、と、ぼそりとつぶやくと、窓の外に視線をやった。電車はゆったりと大きく曲がる。足もとからもあたたかい空気が流れてきて、頭がぼんやりする。

窓の向こう、街も空も流れ去っていく。昔からある木造の家屋や店舗と、新しく建ったビルやマンションが入り混じる街。鬱々《うつうつ》とした冬の曇り空の下、深くなる夜の中で。立ち並ぶ、ぼんぼりのような丸い街灯が、やわらかい光を放っている。

「あ」

マンションと雑居ビルに挟まれた、古めかしい和風喫茶。その、となりに。うちの学校の指定コートを着たひとを見つけた。私は目を凝《こ》らした。あれは、

「……ハル？」

どうしてこんなところに。団地からも、バイト先のスーパーからも、大学病院からも離れている。何か用事があったのだろうか。一瞬で流れ去ってしまったから、見間違いだったのかもしれない。

妙な胸騒ぎがした。

次の電停の名がアナウンスされた。電車が減速を始める。

「先輩。私、次で降ります」

「え？」

ゆっくりと電車は止まる。

「ごめんなさい。降ります」

「ちょ、果歩？」

私は先輩を置いてまっすぐに出口扉へ向かった。財布から小銭を取り出す。運賃箱に入れようとして、落としてしまった。慌てて拾う。後ろのひとが、かがみ込む私の横をすり抜けるようにして降りていく。

どうして、心臓がこんなにドキドキしているのだろう。

早くつかまえないといけない気がした。あれが幻じゃなくて、本当に、ハルなら。心配ないから、と、私をはねのけた硬い声。私を拒んだ背中。ハルはばかだ。心配するに決まっている。

転がるようにして電車を降りる。歩行者信号が青に変わると同時に駆け出す。ひとを押しのけてぶつかって、足がもつれて。嫌な動悸《どうき》は続いていた。

歩道を、走る。連なる街灯の丸い光も、道路を走る車のライトも、闇に滲んでいる。冷えた空気に、次々と息が白く浮いて、流れて消えていく。ハル。

電車の中でハルを見かけた場所にたどり着いた。マンションと和風喫茶の間、ここだったはず。雰囲気のあるお店だと目を留めた一瞬に、思いがけず視界に入ってきたのだ。

いない。だけど、もう、いない。歩いてどこかへ行ったのだろうか、バスに乗って家へ帰ったのだろうか。それとも。

あたりを見回すけど、ハルの気配はない。

やっぱり……、勘違いだったんだろうか。

私は座り込んだ。胸がつぶれそうに痛い。

ばかなのは私だ。通りすがりの、一瞬見かけただけのひとを。うちの高校のコートを着ていたからって、背格好が似ていたからって。ハルだと勘違いして、必死で駆けてきてしまった。いや、もしかしたら最初から、そんなひとはいなかったのかもしれない。私が勝手につくり出した幻だったのかもしれない。

ハル。

私は何をしているのだろう。

堪《こら》えていた涙が流れ落ちる。幻覚を見てしまうほどに、それを追いかけてしまうほどに、私は。

立ち上がって、ふらりと、歩き出す。傘を持つ手は赤くかじかんでいた。頭が鈍く痛む。ふっ、と。雨のにおいがした。

顔を上げると、道路を挟んで向こう側。歩道に、ハルが、立っていた。

次々に走り去っていく車の間から。ハルの姿が見える。歩いていたハルは。歩行者信号の横で立ち止まって、ふいにこちらを見た。

目が合った。いや、違う。目は合っていない。私はハルの目をとらえたのに、ハルは私を視界に入れていない。何も、そこには映っていない。暗く、虚《うつ》ろで、焦点の合わない目。まるで、ここではないどこかをさまよっているような……。

「だめ！」

私は叫んでいた。信号は赤なのに、車は川のように流れていくのに。

ハルが。道路へ、足を踏み出そうとしたのだ。

「だめーっ！」

ハルが私の声に気づいて、はっと目を見開いた。信号が青に変わる。私は横断歩道を駆けた。早く、早く。ハルのもとへ。幻じゃなかった、だけど、あなたはいったい、何をしようとしているの？

ハルも。こちらに向かって渡り始めていて。私はまっすぐにハルの胸にぶつかっていって、衝撃でハルは後ろに倒れてしりもちをついた。横断歩道の、ちょうど真ん中で。

「ばか！　あんた、何してんの！」

ぼろぼろと涙が零れる。

「わかってんの？　車に轢《ひ》かれて死んじゃうよ⁉　わかってんの？」

車に。轢かれて。青い傘が転がる。死ぬのは嫌。もう誰も、私の前から消えないで。

ハルのコートを両手でつかんで、泣いた。

「……俺。ひょっとして、飛び出そうとしてたの？」

「無意識だったの？」

「覚えてない」

信号の青が点滅し始めた。ハルが立ち上がって、私の手を引いて起こす。

「戻ろう、ほんとに轢かれる」

「……誰のせいだと思ってんの」

ずずっと、鼻水をすすった。

「帰ろう。帰ろう、ハル。あじさい団地に」

ハルは。ゆっくりと、うなずいた。


月も星もない。雲がすべてを覆っている。いつの間にか日は暮れて、いつの間にか黄昏も過ぎて、ただ、暗いだけ。ここがどこで、今が何時なのかもわからなくなるほどに。

団地へ続くバスが来て、乗り込んだ。車内は空いていて、私たちは二人掛けの座席にとなり合って座った。私は通路側、ハルは窓側。

「どうして、あんなとこにいたの？」

「どうしてだろう。わからない。おふくろの病院に行って、帰る途中だった」

「まさか、病院から歩いてきたの？」

いや、とハルは首を横に振る。

「途中でバスから降りたんだ、ひとがいっぱいいて、静かじゃないところにいたくなった」

「……そっか」

そっか、としか。言えなかった。きっとハルは、誰もいない暗い家に帰りたくなかったのだ。

窓ガラスに、ハルの横顔が映り込んでいる。何の感情も浮かばない顔。というか、疲れて感情を表すのでさえ億劫であるかのような。

こつん、と、小さな音がする。雨の粒が、ガラスを叩いたのだ。

ハルは傘を持っていなかった。バスを降りて、私の小さな透明ビニール傘に、ふたりで入って、団地までの坂道を上っていく。

ぴったりと身を寄せ合うわけにもいかなくて、ハルは、私が濡れないように傘を傾けてくれていた。濡れても構わないのに、私は。ハルのとなりで、自分のからだが熱を持っているのがわかったから。

ハルは何も言わない。私も、何も言えない。

苑子とも、相合傘でこの坂を歩いた。苑子の真っ青な傘、本当に、目の覚めるような色だった。いつまでもあせない色。

ハルはあのころ、どんな気持ちで、苑子とふたりでここを歩いていたのだろう。ふたりが恋人同士でいられた時間は、ほんのわずかだった。

オガワの店先で、部活帰りの中学生たちが雨宿りをしている。マジかよー、と、声変わりのさなかの男子のしゃがれ声が響く。止む気配なんてないのにはしゃいでいて、何がそんなに楽しいんだろう。私も、苑子を失う前までは、あんなふうだったんだろうか。

「懐かしいね、オガワでよくお菓子買ってしゃべったよね」

つぶやいてみると、ハルは、少し笑った。

「果歩と苑子、いつも一緒で、よく話すことが尽きないなって思ってたよ」

本当に、尽きなかった。学校や、友達のこととか。ゆうべ観たテレビの話とか。そんな、どこにでも転がっているとりとめもないこと。ずっとしゃべり続けていた。

そんな毎日が、いつまでも続くと思っていた。

やがて、あじさい団地に帰り着いた。

五つある住棟の、たくさんの窓にはオレンジ色の明かりがともっている。降りしきる雨の中の、強くあたたかな光を見ていたら。なぜか寂しくてたまらなくなった。

ハルに、何があったのか、聞きたい。もっと深く、知りたい。だけど、そうさせない頑《かたく》なな雰囲気を、ハルはまとっている。

無言のまま、E棟の階段を上っていく。閉じた傘から雨のしずくがしたたり落ちてコンクリートに染みを作った。ひどく寒い。

五階まで来て。いつものように。

ばいばい、またね。と。

告げようとしたのに、言葉が喉の奥に詰まって出てこない。

自分たちは見えない何かに守られていると。明日も必ず会えると。無邪気に信じていたあのころとは違う。私は、ハルの手をつかんだ。

「何だよ、急に」

ハルの髪も、コートも、雨を浴びて濡れている。今、ここで。さよならを言って、ハルをひとりにしたらいけないと思った。

「ハル、私に話して。何があったのか」

「べつに、何もないよ」

「嘘だ。じゃあ何であんなところにいたの」

「気晴らしだよ、単なる」

「気晴らしで、道路に飛び出すの？　最近おかしいよ、ハル。何かあったに決まってる」

一瞬、言葉に詰まったハルは。

「何もないから。構うなよ、俺に」

私の手を振り払う。その力は強くて、弾き飛ばされそうなほどだったけど。踏ん張って、きつくハルをにらんだ。そして、もう一度。ハルのコートの、おなかのあたりの生地を、両手でつかんだ。雨に濡れて、冷たい。

「離せって」

「嫌だ。離さない」

勝手にせり上がってくる涙を、ぐっと飲み込む。鼻の奥も、胸の奥も、痛い。

「私を。頼ってよ。お願い」

「……果歩」

「お願い。力になりたいの」

ハルが、好きだから。

気づいたら。言葉が、零れ落ちていた。

「ハルが、好き。子どものころから、ずっと」

胸が痛い。どうしても消すことができない。

ハルの胸に、もたれかかるようにして、額をこつんとぶつけた。

理一先輩の笑顔と、苑子の青い傘が、交互によぎる。私は今、最低なことをしている。

ハルが。そっと、私の背中に手を回した。

# 九

「どうぞ、散らかってて悪いけど」

ぶっきらぼうに言って、ハルは玄関の明かりをつけた。私は、おじゃましますと小さく言って靴を脱いだ。ハルの家に上がるのは、千尋さんに親子丼を作ってもらった、中学生のとき以来だ。

雑然としていた。

もともとは、物が少なくてすっきりした部屋だったのに。リビングには取り込んだばかりの洗濯物が積み置かれ、炬燵《こたつ》には飲みかけのペットボトルや学校のテキストやプリントが散らばっている。

「ごめん、今片づける」

ハルが暖房のスイッチを入れ、まず炬燵まわりのモノをどかした。ごみを捨て、テキスト類を重ねてまとめている。

ずっと千尋さんとふたり暮らしだったわけだし、ハルは、家のことを一通りこなせる。あまり表立ってアピールしないからみんな知らないけど、料理は私よりうまい。

ただ、今は。余裕がないのだ。

「手伝うね。ハルは早く着替えておいで。濡れたまんまで寒いでしょ」

私はほとんど濡れていない。ハルがずっと庇《かば》ってくれていた。

洗いものがたまっているんじゃないかと思ってキッチンへ行くと、意外にもすっきりしていた。マグカップが流しに置かれているだけ。

「ハル、ちゃんと食べてる？」

「……いや。カップ麺とか、買ってきたサンドイッチとかおにぎりとか、適当に。病院で食ってくることもあるし」

「そっか」

何か適当に作るねと、断わってから、冷蔵庫を開けた。何もない。冷凍庫にはうどん玉があったから、茹《ゆ》でて添付のつゆをお湯で溶かしてお椀《わん》に盛りつけた。

暫定《ざんてい》的に綺麗になった炬燵テーブルにお椀とお箸《はし》を置く。することがなくなって、私は炬燵に入った。

パーカとジーンズに着がえたハルが、卓上ポットと、急須《きゅうす》と湯呑《ゆのみ》を持ってきた。

黙ってお茶を淹れるハルの瞳は、まだ不安定に揺れている。だけど、ほんの少し。頬に赤みが戻ってきている。

「とりあえず、食べようか。冷めるし」

「……うん」

お互い無言でうどんをすする。音がない状況に耐えかねて、そのへんに転がってい
たテレビのリモコンを拾い上げ、電源ボタンを押した。若手芸人たちのネタ見せ番組
が流れている。となりにいるハルのことを見ないように、ショートコントに集中しよ
うとするけれど、まったく笑えない。ハルも、笑っていない。それでも、うすっぺら
い画面から目を離せないでいる。

食べ終えると、ハルがお茶を淹れ直してくれた。湯気の立つお茶をすすると、ふ
うー、と吐息が漏れる。ハルがぼそりと「ババくせ」とつぶやいた。

「悪かったね」

「だってさ」

いつものハルだ。熱い湯呑を両手で包み込む。張りつめていた空気が少しゆるんで、
私はいきなり我に返った。

ハルに、好きだと告げてしまった。

もう、引き返せない。

ハルはごろりと横になった。

「だめ人間あるあるだよ、炬燵で寝るの」

いきなり激しくなった鼓動をごまかしたくて、〝いつもの感じ〟で茶化す。ハルは

炬燵布団をかぶって、いいよだめ人間で、と言った。

「風邪引くよ？」

「別にいい。果歩も横になれば？」

「そんなことしないし。片づけしなきゃだし」

「ガキのころ、うちでよく眠りこけてたじゃん」

「もうガキじゃありませんから」

立ち上がり、食器を流しに運び、洗った。ふたたび戻ってきて布巾で炬燵テーブルの上を拭く。ハルは横になったまま目を閉じている。眠ってしまったのだろうか。

ハルの肩が炬燵布団からはみ出している。私はそばに寄ってひざをつき、そっと布団をかけ直した。どうかハルが、嫌な夢を見ずに、ぐっすりと眠れますように。

「そろそろ帰るね。おやすみ」

ささやいて、立ち上がろうとしたら。

「……帰るなよ」

ハルの低い声がした。目を、開けている。

「帰るな、果歩。ここに、ずっと」

私を見つめる、その目から、すうっと、涙が流れ落ちた。

「ハル」

ハルは、慌てて寝返りを打ち、私に背を向けた。涙を拭っているのかもしれない。

「ハル、こっち向いて」

大きな背中は、何も答えない。

「泣いていいから。泣いた方がいい。全部、流してしまった方がいい」

すん、と、洟をすする音がする。ハル。

「私。帰らないから。今夜、ずっとここにいるから」

ハルのそばに、いるから。

考えるより先だった。私は、ハルの髪に触れて、そして、撫でていた。


どんどん夜は深くなっていく。私たちはただ、となり合って寝ているだけ。私の、制服のスカートのプリーツは、きっとしわくちゃになっている。とうに電気を消しているのに目は冴えて、まったく眠れそうにない。

母には、亜美の家に泊まるとメールを送っていた。亜美にも。そういうことにしておいて、と。送った。

炬燵布団の中でつないだハルの手は、あたたかい。大きくて、私の手をすっぽりと包み込んでしまう。ただ、そのぬくもりだけで、私は。

寝返りを打ってハルの方を向く。曲げたひざの真上にヒーターがあって、熱い。ハルの顔がすぐ近くにある。ハルが私の方に身を寄せ、つないでいないほうの手を私の髪へ伸ばす。そろそろと撫で、それから、意を決したように、私の頭を引き寄せた。あたたまった炬燵布団の中で、私はハルの胸の中にうずもれて、苦しくて、熱くて。

このまま時が止まってしまえばいいと。思った。

ハルの背中に手を回す。ぎゅっ、と、力を込める。ハルも。私を、きつく抱きしめる。

「ごめん果歩」

謝らないで。

「おふくろ、が」

「うん」

「かなり悪くて」

「うん」

「卵巣癌《らんそうがん》なんだ。試験開腹するって、入院して。切ってみたら、もう、手がつけられないぐらいに広がってた、って」

癌。手がつけられない。

すうっと、頭が、からだが、冷えていく。全身の血が凍っていくみたいだった。ハルの声が震えている。私はハルの背中を撫でた。一生懸命くっついていないとどうにかなってしまいそうだ。

「卵巣の腫瘍《しゅよう》って、開腹してみないと、悪性かどうか確定しないらしくて。ほぼ悪性で間違いないだろうって言われてたけど、もしかしたらって、望みをつないでた」

だけど、と。ハルは声を詰まらせる。私は続きの言葉を待った。嫌な動悸《どうき》がしていた。溺《おぼ》れないように、見失わないように。必死に、ハルにしがみつく。ハルも。私に。

「おふくろが今日話してくれた。手術のあと、おふくろ、ひとりで医師《せんせい》から説明受けてて。それを、俺にも。淡々と。これからの治療についても。それから……」

私は何の言葉も持たない。震えているハルを、ただ、抱きしめているだけ。

「ごめんね、って」

ハルは泣いている。私を掻き抱いたまま、ハルは泣いている。痛みに耐えるように、嗚咽を堪えて、それでも涙はあふれて。

「どうして、どうして」

低いつぶやきは、悲鳴のようで。

「もっと気遣ってやればよかった。ずっと、きついきついって言ってたんだ、歳のせいだっておふくろ、笑ってたけど。病気のせいだった。俺がもっと、気をつけて見ていれば。こんなになるまで、何で気づけなかったんだろう」

「ハル」

手を伸ばして、ハルの髪に触れる。こんなことしかできない無力な自分。それでも。

「自分を責めないで」

「俺のせいだ」

「違う。ハルのせいじゃない」

――果歩ちゃんのせいじゃない。

鼓膜《こまく》の奥に、千尋さんの声が蘇る。私が、苑子を亡くして、千尋さんの前で泣いたとき。ずっと背中を撫でてくれていた手の優しさを忘れない。あのときの私が、一番欲しかった言葉をくれた千尋さん。

信じたくない。だけど、私たちはもう、すでに、知ってしまっている。ある日突然、地面に穴が開いて、底知れない暗闇から手が伸びて、大切なひとを引きずり込む。本当に突然なのだ。

あたり前に続くものなんてない。今日と同じ明日は来ない。

今は。今はただ、ハルを守るだけ。ハルが飲み込まれてしまわないように、私がつなぎ止める。

そばにいる。

＊

――鮮やかな青が揺れる。曇り空に映える真っ青な傘。苑子、と、声を掛けると。

傘の中の少女は、ゆっくりと、振り向いた。

「苑子！」

私は駆け寄った。苑子の白い夏服がまぶしくて目を細める。やっと会えた。

どうしても伝えたいことがある。

あのころ言えなかった私の気持ち。そして、今の私の決意。

真っ先に、苑子に。

親友の、艶やかな髪に、滑らかな白い頬に、触れようと手を伸ばした。だけど指先は宙を掻いた。苑子の輪郭《りんかく》はおぼろで、微小な雨粒をまとって淡く光っている。

「苑子……」

苑子のかたちのいいくちびるが開く。何かを、私に。伝えようとしているみたいだけど、聞こえない。苑子の声は届かない。私は目を凝らした。ゆっくりとくちびるは動く。

あ、い、に、き、て。

――会いにきて。

会いにきて、って。どこに？　訊ねようとした瞬間、目が覚めた。

＊

苑子のいない世界は、現実は、深い闇に包まれていた。

ハルは、となりで寝息を立てている。その頬に、そっと触れる。指先で、なぞる。

私はゆっくりと起き上がった。だんだんと、目が暗闇に慣れてくる。

ひどく寒くて、部屋の隅にたたんで置いていた自分のコートを手にして、羽織った。

窓辺に寄り、カーテンをそっと開ける。雨のしずくが次々とガラスにぶつかって流れ落ちていく。

かつて、千尋さんが育てていた野菜や花であふれていたベランダには、今は、空のプランターが重ねて置いてあるだけ。

苑子の青い傘の残像は消えない。

苑子。教えて。

もう誰も失いたくないのに、どうしてみんな、いなくなってしまうの。

あなたは今、いったい、どこにいるの。

降り続く雨の音を聞きながら、私は考えていた。

次の新月はいつだろう、と。

# 十

雨が浴室の窓ガラスを叩いている。止まないどころか、激しさを増すばかり。

私は、自宅に戻って、あたたかいお湯に浸《つ》かっていた。母は二日酔いで寝ている。

ハルは今日も病院へ行くと言っていた。

あのあと、ハルが詳しい話をしてくれた。

千尋さんは、術後の回復を待ってから、化学療法《かがくりょうほう》に入るらしい。少しでも病巣《びょうそう》を小さくして、手術できる状態へ持っていくのだという。これから、長く苦しい闘いが始まる。

千尋さんの実家はとなりの市で、そう遠くはない。お祖父《じい》さんとお祖母《ばあ》さんはすでに他界し、唯一の身内の、千尋さんの妹――ハルの叔母さんは、来週に一度来てくれることになっているけど、旦那さんのお父さんの介護をしているから、ずっとこちらにかかりきりというわけにはいかないのだそうだ。

狭い浴室の中で、雨の音が反響している。

子どものころ、湯船に浸かったまま、蓋を閉めるのが好きだった。洞窟《どうくつ》の中の泉にいるような、胎内《たいない》にいるような、不思議な気分になったのだ。

私は自分の下腹部に手をやった。卵巣はどこだろうと思ったのだ。からだの奥深くの小さな臓器に、たくさんの卵――、これから命になるものが、詰まっているだなんて、信じられない。それが変異して、今、千尋さんのからだを蝕《むしば》んでいるだなんて。

苑子じゃなくて私が死ねばよかったと、零した日。甘えないでと叱られた。あのとき私は、どれだけ千尋さんを傷つけてしまったのだろう。

苑子を傷つけて、千尋さんを傷つけて。そして、これから。私は理一先輩を傷つける。彼に、本当の気持ちを伝えなければならない。

どうしようもなくばかな自分が、嫌でたまらない。

だけどもう、逃げ続けるわけにはいかない。

日曜日に、先輩を呼び出した。高校の最寄駅の近くの、小さなビルの一階にあるカフェ。会いたいと言ったら、待ち合わせに、そこを指定されたのだ。先輩が通っている大学受験塾の近所らしい。

雨の勢いは弱まったものの、まだ燻《くすぶ》るように降り続いていた。冷たい雨だ。氷のような。

街のいたるところでクリスマスソングを耳にする。このカフェでも『ラスト・クリスマス』のオルゴールメロディが流れている。

ミルクティをひと口飲んだ。砂糖を入れたのにまったく甘さを感じない。

白を基調にした内装に、椅子やテーブルは赤の、ポップな雰囲気のお店は、若い女の子たちで賑わっている。楽しそうに笑いさざめく声が、ときおり高く響いて、自分がひどく浮いているように感じた。

ドアベルが鳴る。

「ごめん、待った？」

現れた先輩は笑顔だ。コートを脱ぎながら、私の向かいに座る。お水を持ってきた店員さんに、コーヒーを注文した。

「果歩、何か食べる？」

黙って、首を横に振る。

「まだ昼メシにはちょっと早いか。このあとどこか行こうか、俺も息抜きしたいし」

「あの」

ん？　と、眼鏡の奥の邪気のない瞳が私をとらえる。先輩は終始にこやかで、やけに饒舌《じょうぜつ》だ。

先輩のコーヒーが運ばれてきた。

「俺さ、第一志望、やっとA判定出たんだよ。今までずっと国語が足引っ張ってて。現代文も古文も苦手でさ」

「あの、先輩」

先輩がコーヒーのカップを持ち上げる。ひと口飲んで、うすいな、と顔をしかめる。

「クリスマスですけど、私。一緒に、過ごせません」

「まだ遠慮してるの？　それか、家族の用事とか……」

「違うんです」

私は顔を上げた。

「別れてほしいんです」

先輩は、まだ、ほほ笑んだまま。ゆっくりとカップを下ろす。

「どういうこと？」

「ごめんなさい」

頭を下げた。謝って許してもらえるようなことじゃないと、わかっている。だけど。

「好きなひとが、います……」

振り絞るように、告げる。鼻の奥がつんと痛む。泣いてはだめだ。悪いのは私なのに、ここで泣くのは卑怯だ。

「前からずっと。好きだったんです、そのひとのこと。あきらめたくて、先輩とつき合った」

言葉にすると、なんて安っぽくてうすっぺらくて……あまりに自分勝手すぎる、私は。

「それって……。ドラキュラの彼?」

「えっ」

どうして。私は顔を上げた。

「あのあと。果歩が俺を置いて電車を降りてったあと」

「……はい」

「どうしても気になって、果歩のことを探したんだ」

「………」

ちっとも、気づかなかった。

「歩き回ってようやく見つけた果歩は、あいつと一緒にいた。ショックで足がすくんで、追いかけて問い詰めることもできなかった」

「……ごめんなさい」

謝ることしかできない。

「そうです。あのひとです。ずっと好きだったけど、好きになっちゃいけないって、必死に自分に言い聞かせていた」

あの日までは。

先輩は、コーヒーをひと口飲んで、ゆっくりとカップをソーサーに置いた。それから、私の目を、まっすぐに見据えて。

「構わないけど、って言ったら。どうする?」

と、静かに言った。

構わない? どういうこと?

先輩の顔から笑みは消えていたけど、そのかわり、怒りも悲しみも浮かんではいない。何の感情も見えない。

「うすうす気づいていたし、果歩が俺を見ていないこと。だからあのとき、全部合点がいった。ひとりでいろいろ考えたんだ、これからどうすべきか。ずっと考えて、考えて……。それでも俺は果歩と一緒にいたいと思った」

「でも」

「あきらめたいのなら、俺を利用すればいい。時間をかけて、あいつを忘れて、俺のことを好きになってくれればいい」

いつまでも待つ自信はある、と、先輩は続けた。吹き出物ひとつない、透明感のある肌が、みるみるうちに紅潮《こうちょう》していって、先輩は、決まり悪そうに、こほんと咳払《せきばら》いをした。

「ごめん、さっきのセリフは、さすがに自分でも恥ずかしい。埋まりたくなる」

わざと茶化すような言い方に、いたたまれなくなって。私は、ひざの上に置いた両の拳にぎゅっと力を込めた。

「無理です」

「果歩」

「何年もあきらめようと頑張ってきたのに、無理だったんです。私。私……、あのひとに、自分の気持ちを告げました。好きだって、ずっとそばにいたいって」

　ごめんなさい、先輩。ごめんなさい。

「そばにいたい。守りたい」

がちゃん、と、大きな音がした。先輩のカップが倒れ、琥珀色の液体がテーブルを流れている。

「……あ。ごめん。倒してしまった」

先輩は慌ててハンドタオルを取り出すと、こぼれたコーヒーを拭いた。

その手が、細かく震えている。

「お店のひと、呼んできます」

「いい」

硬い声で、先輩が私を制した。

「今の自分の顔、誰にも見られたくない」

うつむいてテーブルを拭きながら、自嘲《じちょう》気味に言い捨てた。

「好きだったんだ。君が入部したときから。好きで、うっとうしがられてるってわかってても、構わずにはいられなくて。OKもらったときは、嬉しくて嬉しくて」

胸が痛い。先輩は、こんなにも、私のことを想ってくれていたのに。

「絶対に大事にするって……、君を……」

なのに。私は。

沈黙が降りる。

「先に、帰って」

先輩は告げた。その声が、かすれている。

「先輩」

言いかけた私の言葉を、先輩はさえぎった。

「もう謝るな。……惨《みじ》めになるだけだから」

私は。ふらりと、席を立った。

店員さんの足音、女の子たちのはしゃぐ声、オルゴールの奏でるラスト・クリスマス。

コートを羽織って、外に出る。空気は氷のように冷たい。

いつの間にか、雨は止んでいた。雲の隙間から、わずかに、青い空がのぞいている。

青の、かけら。

ベランダの手すりにもたれて、晴れ渡る空を見ていた。陽は射しているけど空気は冷たく、ときおり吹く風が頬を刺して痛い。

「寒いよ果歩ー。教室戻ろうよ。顔面パリッパリになりそう」

亜美がカタカタと震えながら私に身を寄せた。

「でも、中、臭いし」

まあ確かに、と亜美は苦笑いする。

今日の昼休みは、男子数人がカップ麺を食べていたせいで、教室にニンニクのにおいが充満している。ハルは購買のパンをもそもそと食べていた。朝も昼も夜も、まともなものなんて、食べていないのかもしれないし、食べる気にもなれないのかもしれない。

亜美が自分のポケットからキャラメルの箱を取り出した。ひと粒、私に投げる。

「ありがと」

「ん。疲れたときには甘いモノだよ。悩みすぎて頭に糖分が回ってないんじゃないの」

「疲れた顔してた？」

「すっごく」

キャラメルの包み紙を開いて、口に放る。優しく溶けるその甘さが、じんわりと沁みていく。

「亜美って、いい子だよね。まっすぐで、正しい」

つぶやいた私に、亜美はきょとんと目を丸め、そして、私の頭を撫でた。

「果歩はほっとけないんだよなー。いきなりぽきっと折れそうなとこがあって。理一先輩もそれで気になってたんだと思うよ、最初は」

別れたんでしょ、と、亜美は続ける。

「どうして知ってるの」

「先輩に愚痴られた。めちゃくちゃ落ち込んでたよ。精一杯、励ましといたから」

それにさ、と。亜美は声をひそめた。

「果歩、最近部活来てないじゃん。あのね、みーんな知ってるよ」

「………」

「でも覚悟しておいた方がいいかもね。密かに先輩に憧れてた子、けっこういるから。言いにくいけどさ……。かなり悪く言われてる」

どうする？　部活やめる？　と、聞かれて、私は首を横に振った。

「私が悪いのは、その通りだから。逃げないで受け止める」

あんなに私のことを想ってくれていたひとを、私は。裏切って、傷つけた。

「私ね、どうしようもないんだ。いつも同じ間違いをする」

──果歩ちゃんも好きなら、ちゃんと言ってね。

三年前。苑子にそう言われたとき、素直に認めて、きちんと話していればよかった。ハルが苑子のことを選ぶとわかっていても、それでも。

あのときの、私の頑なな態度が。すべてを狂わせた。

苑子を亡くしても、なお燻り続けた灯が、憎くて、だけど消せなくて、消せないくせに、見ないふりした。

同じひとを好きになったことがいけなかったんじゃない。本当の気持ちを、認めなかったこと。苑子に伝えなかったことが、私の過ちだったのだ。

「間違えないひとなんていないでしょ」

そう言った亜美の、短い髪が。冬の風にあおられて揺れた。

エレベーターを降りると、消毒液のような、薬剤のような、病院特有のにおいに包まれた。

私もハルもずっと無言だった。放課後、バイトが休みだというハルと一緒にバスに乗り、千尋さんの病院を訪れた。ほどよく暖房の効いた午後の院内はぬるいお湯の中にいるみたいで、すれ違う看護師さんたちもにこやかで、穏やかな空気に包まれていた。

四人部屋の右奥、窓側のベッドで千尋さんは横になっている。となりの患者さんのスペースとはカーテンつきの衝立《ついたて》で仕切られている。起こしてはいけないと、私たちは静かに近寄ったのに、千尋さんはすぐに気づいて身を起こそうとした。

「あっ、いいんです、そのまま、横になっててください」

「いいのいいの。昼寝してただけだし。果歩ちゃん」

ハルがすぐにベッドのリモコンを操作し、少し起こした。

「来てくれて嬉しい。ありがとう」

「聞きました、ハルに」

そう、と、千尋さんはそっとつぶやくと、ハルに、売店で適当に何か買ってきて、と頼んだ。座って、と促されて、そばの丸椅子に腰掛ける。

「あの。気晴らしになればいいなって、これ」

緑を育てるのが好きな千尋さんのために、ガーデニングの雑誌と、植物の写真集。

「ありがとう。気を遣わせちゃってごめんね。明日薬を入れて、何もなければ、明後日退院予定なんだ」

「そうなんですか」

ハルは、何も言っていなかった。雑誌をぱらぱらめくって、千尋さんは目を細める。

ブラインドが半分開いた窓から、やわらかな午後の陽が射し込んでいる。

ここは七階で、今日は晴れているから、街並みや、遠く、私たちの団地のある高台の緑もよく見えた。

「大丈夫よ、果歩ちゃん。そんなに深刻な顔しないで。私、別に死ぬわけじゃないから」

死ぬ、という言葉に、心臓がひやりとした。本当に、さらりと千尋さんは口にした。

「ステージⅣ《フォー》から治療開始して寛解《かんかい》した患者さんだっているし、何年もずっと病気と共存している患者さんだっているし。私だってきっと頑張れる」

ほほ笑んだ千尋さんの短い髪が、冬の陽に縁取られて光っているように見えた。お見舞いに来た私が、逆に励まされてどうするのだろう。

「どうしてそんなに強いんですか？」

治療が過酷なものだということを、私だって知っている。千尋さんが髪を切った理由《わけ》もわかる。看護師である彼女はいろんな患者さんを見てきた。その苦しみも。助かったひとも、そうでないひとのことも。知っているからこそ、怖いはずなのに。

千尋さんは、私の手を取って、きゅっと力を込めた。

「強くない強くない。病気がわかって、揺れに揺れたし。医療に携わっているくせに、自分だけはなぜか平気だっていう、妙な自信があったのね。それが打ち砕かれて、目の前が真っ暗になった。怖くて……怖くて。だけど、もう、しょうがないって切り替えるしかないじゃない。それに」

にいっと、笑った。

「果歩ちゃんにかっこ悪いとこ見せたくないしさ」

ふいに、千尋さんがカーテンの向こうに視線をやった。振り返ってみると、売店のビニール袋を提げたハルが、所在なげに立っていた。こちらに近寄っていいものか、迷っているみたいだ。

「生きたい」

ぽつりと、千尋さんが零した。

生きたい。その言葉が。その一滴が。私の中に、深く、深く、沈んでいく。

陽が落ちて。帰りのバスに揺られる。となりの座席に座ったハルは、車窓を流れる景色をぼんやり眺めながら、「親父に会ったんだ」と、口にした。

「おふくろに言われた。自分がもし死んでも、進学はあきらめるな、って。好きな道に進みなさい、何かあったらお父さんに相談しなさい、私が言うのもなんだけど、そんなに悪いひとじゃないんだよ、あんたの父親なんだから、って」

その次の日に親父から連絡が来たんだ、と。

私に〝希望〟を語っていた千尋さんは、自分が逝《い》ってしまった場合のことも考えていた。

「治療にも金がかかるし。どっちにしたって、俺は、バイトもして、奨学金もとって、自力で学校に行くしかないと考えてる。親父の力を借りるのも癪《しゃく》だし。今までのバイト代だって、手を付けずに貯めてきてるんだ」

暖房で曇った窓のガラスを、ハルは乱暴に指で拭った。夜の闇を縫うように走るバス。

「ガキのころからときどき考えててさ。もし、おふくろがいなくなったら、俺はどうなるんだろう、って。じいちゃんもばあちゃんもいない。叔母さんも自分の家庭があるし、親父にだって新しい家族がある。俺は、正真正銘《しょうしんしょうめい》、ひとりきりになるんだ、って」

いつも降りる停留所の名がアナウンスされた。誰かが押したみたいで、ピンポン、と、座席横のボタンが赤く光る。

ハルの手を握った。

「私がいる」

ハルは何も答えない。

「私はずっとハルのそばにいる」

「ずっとなんてありえない。苑子は死んだ。おふくろも病気になった。みんな、みんな、いなくなる」

「いなくならない。絶対、消えない。そばにいる」

「果歩まで俺より先にいなくなるのは耐えられない」

「いなくならないって言ってるじゃない。ハルのわからずや」

わかっている。絶対なんてない。ずっと続くものはない。私だってわかっている。

それでも。言いたい。言いたい。

ゆっくりと、バスが停車した。まだ七時なのに真っ暗だ。ステップを降りて、夜に包まれた坂道を上っていく。立ち並ぶ古い家やお店の明かりが闇の中で冴え冴えと光っている。ひどく寒くて、マフラーをきつく巻き直す。

ハルは何も言わずに私の手を取った。そのまま。つないだまま、歩いていく。

ふたりぶんの、白い息が。生まれては消え、生まれては消え。

「千尋さんね、生きたいって言ってた。ハルのためだよ。ハルが、千尋さんの、生きる理由なんだよ」

「そっか。……俺が、支えなきゃいけないのに。情けないな、いつまでもガキみたいで」

私はハルに身を寄せた。つないだ手のあたたかさだけが。ぬくもりだけが。今は。道しるべだ。

明日は強い寒気が流れ込み、一気に気温が下がるでしょう、と、テレビの気象予報士が告げている。週末から天気もぐずつき、ところによっては初雪が降るでしょう、と。

湯冷めしないうちに寝ようと、自室へ戻る。いつもより一時間早めに目覚ましアラームをセットする。明日からハルの分のお弁当も作ると決めた。頑張って、手を抜かずに栄養のあるおかずを作る。千尋さんが退院しても、副作用《ふくさよう》できついだろうし、ハルだってきっと今以上に大変になる。私も力になりたい。

苑子。ハルを、千尋さんを、守って。

机の引き出しを開け、宝物をためていたクッキーの缶を取り出す。

そっと蓋を開けた。

幼い私と苑子が顔を寄せ合って笑っている写真。小学校の入学式の写真。遠足。修学旅行。卒業式。中学の、入学式。いつもふたりは一緒だった。いつもとなりに、苑子がいた。

たくさんの手紙。ひとつひとつ、読み返す。一番新しいのは、中二の、春のもの。

——果歩ちゃんと一緒のクラスで、ほんとに幸せ！　ずっと、ずーっと、よろしくね！

丸っこくてちまちました、だけど整った几帳面な字で。そう書いてあった。シー・グラスが、ころんと転がる。晴れた日の海の色をしたガラス。取り出して見つめるたびに胸が締めつけられていた。でも、今は。小さなかけらを手のひらで包んで、目を閉じる。

苑子。

次の新月は、今週末。必ず私は、会いに行く。

そして、翌朝。

E棟の階段下、集合ポストの横、冷たいコンクリートの壁にもたれかかった。凍りつくような朝の空気に、指定コートの前を合わせる。ぐるぐる巻きにしたマフラーに顎を埋め、ハルを待った。やがて階段を降りる足音が響いてきて、私は背筋を伸ばした。現れたハルに、さっと、弁当の包みを押しつける。ハルはきょとんと目を丸め、それから、「俺に？」と、聞いた。

「あんた以外に誰がいるわけ？」

「でも」

「料理部に入ったわりにちっとも上達してなくて残念って思うかもだけど。あまりにもまずかったら食べなくていいから。ハルがいつもろくなもの食べてないのが気になっただけだから。ていうか自分のを作るついでだから」

「何も、そんなに早口でまくし立てなくても」

ハルが笑いを堪えている。

「ありがとう、果歩。大事にいただきます」

ハルはぺこんと頭を下げた。そんなにきちんとお礼を言われたら、調子が狂ってしまう。私は「また学校で」と言い捨てて、駐輪場まで走った。

立ち並ぶけやきはすっかり落葉してしまい、裸の枝を冬空にさらしている。

かごに荷物を置き、手袋をはめて自転車のスタンドを起こす。と、ハルが駆け寄ってきた。

「一緒に行こう」

「……いいけど」

ふたり、並んで自転車を押して、団地の敷地を出る。

長い坂道を滑り降りていく。切り裂く空気が冷たくて顔が痺れる。目の前にハルの背中があった。短い黒髪が風を受けてなびいている。あのころとは違う、もう私は、ハルの髪の感触を知っている。背中の大きさも、腕の力の強さも、手のぬくもりも。

一生、知ることはないと思っていたのに。

苑子。ごめんね。だけど私は。

予定通り、千尋さんは最初の投薬を終え、その翌日には退院した。仕事は、治療に専念するために、長期休暇を取っているらしい。強い薬は、三週間ほどのインターバルを設けて、何度も投与されるのだという。

「副作用とか、効き方とか。ひとによって程度が違うらしいんだ。まだ始まったばかりだし、どうなるのか手探りだな。おふくろは心配しなくていいって言ってるけど、どう見てもきつそうで。そのくせ、全部ひとりでしょい込んで強がるんだよ。ま、今までずっと働きづめだったし、この際ゆっくりさせてあげたいって俺は思ってる」

「そうだね。私も、できれば力になりたい。何でも言ってよ。まずいご飯を作るぐらいしか、できることはないかもしれないけど」

「まずくねーよ。うまかった」

夜。弁当箱を返しにうちに来たハルと、通路で立ち話をしていた。学校でそのまま返してもらって構わないのに、わざわざきっちり綺麗に洗って返してくれる。

外はひどく寒くてからだが小刻みに震えるけど、私の家族に、会話を聞かれたくなかった。

ここから、遠く、光のともった夜の街並みが見渡せる。星のように、あまたある窓の光、そのまたたき。あの光の数だけ、人生がある。私の知らない、まだ出会っていない、もしかしたら一生すれ違うことはないかもしれないひとたちの、物語が。

月のない空には厚い雲が広がっていて、今にも降り出しそうだ。

無数の物語を包み込む暗い雲。晴れた日ばかりではないのだ。だけど、雨はきっと、いつか止む。無理やりにでもそう信じていないと、どこへも進めない。

「じゃ。そろそろ戻るね」

小さく手を振った。ハルの頬が、寒さのせいで真っ赤に染まっている。風邪を引いたらいけない。

「……果歩」

「何?」

「言いそびれてたけど。俺も、さ。好きだよ、果歩のこと」

ハルは後頭部をわしわしと掻いて、惚けている私をそのままに、じゃな、と、踵を返した。

夜が深くなるほどに空気は冷えていった。そっと家を出たのが十一時半。コートにマフラーにニット帽に手袋のフル装備、雨が降ってもいいようにレインブーツを履いて、折りたたみ傘も持った。足音を消すように、ゆっくりと階段を下りる。静かだと思った。

藤棚も、ブランコも、逆さすり鉢のすべり台も。沈黙している。夏の夜にはもっと、生き物の息遣いがひそんでいた。だけど今は何もかも、しん、と、静まり返っている。

団地の敷地を出る。道路を走る車の姿はなく、外灯がぼんやりと光っているだけだ。手袋をしていても指先はじんじんと痛い。息吹が丘公園を突っきり、神社の森へ。常緑樹と落葉樹の入り混じった雑木林、闇は冷たく、氷のようで、懐中電灯の光だけを頼りに、古びた石段を一つひとつ踏みしめながら上っていく。

はじめて夜のほたる池へ行ったのは十三歳の春。苑子の生まれてこなかった弟に会いに、ハルと三人で歩いた。半信半疑とすら言えない。もう、ほとんど冷やかしだった。大人たちを出し抜いて小さな冒険をしてみたかっただけなのかもしれない。少なくとも、私は。ハルと苑子は、それぞれ、もっと違った何かを抱えていたのかもしれないけれど。

苑子を亡くしてからも、何度も訪れた。ただただ、何かにすがりたかった。事故の現場には足がすくんで近づけなかったし、三年経った今でも直視できずに避けてしまうほどで、お墓も物理的に離れていて。怪しい噂のある、思い出のほたる池しか、行き場のない思いを持っていける場所がなかったのだ。

今は。……今は。

小さな社の横の、楠が揺れる。楠は冬には葉を落とさない。春、新しい葉と入れ替わるようにして古い葉を落とすのだ。

裏の山道を下っていく。今までここに来た、どの新月の夜より、今夜の闇は深いけれど。怖くはない。ただひたすらに歩を進めるだけ。

水の流れる音が近づく。十三歳の春の夜は、闇の中のそこここに、命の気配が満ちていた。今は冬、生き物が死に、残ったものは眠り、ひたすらに耐える冬。

小さな泉は凪いでいる。静かに見えるけど、奥から絶えず水が湧き出ている。あたりには私が持ってきた電灯の小さな光しかない。月は最初からないし、厚い雲のせいで冬の星座も隠れている。

ひたすらに歩き続けたせいで、からだはぬくもっていた。吐く息が白く浮かんだ。腕時計を見ると、短針と長針が重なるまで、あとわずか。

転がっていく青い傘の夢を繰り返し見た。苑子の気配が濃密に漂うだけで、苑子自身は、現れることはなかった。夢の中でさえ会えなかった。やっと振り向いてくれたのに、声は聞かせてくれなかった、だけど。

――会いにきて。

苑子がそう言った気がしたのは。

たんなる、私の願望だろうか。

午前零時。

泉は変わらない。静けさの中に水音が響くのみで、雲の切れ目から光が射すこともない。

三年前は、ほたるがいた。苑子が見つけた。

綺麗だった。ほたるの明滅する光に照らされる苑子の横顔。私の記憶の中で、青白い光を浴びた苑子は、どんどん美しさを増し、今では神々しさすらまとっている。

ゆっくりと、首を横に振った。

あのころの苑子に会いたい。毎日学校帰りにオガワで買い食いして、団地のベンチやブランコでくだらないおしゃべりをして、私の家でだらだらとドラマの再放送を観たりしていた、あのころ。

時が止まったような静けさのなかで、私は、いつまでも待った。

本当は知っているくせに。

「あっちの世界」なんてないことを、知っているくせに。それでも、もう一度、苑子と話ができると信じてしまった。

頰に冷たいものが落ちる。

雪、だ。

暗く濁《にご》った空から。ふわり、ふわりと、雪は舞い降りた。

「苑子、ごめんね」

からだが冷えていく。芯まで、冷えていく。指先は凍《い》てついたように痛い。ブーツの中のつま先も。ニット帽からはみ出た耳たぶも。じんじんと痛む。

次々に雪は降ってくる。

「苑子。嘘ついてごめんね」

知っている。もう、自分の心の中にしか苑子は存在しない。夢に出てきた苑子も、会いにきてと言った苑子も、〝私の中にいる苑子〟だ。

苑子は琥珀の虫じゃない。いつか、ハルが言っていた。

きっと、私の中に住んでいる苑子も変わっていったのだ。私が変わったから。

苑子の死に、最後に私が放ったひどい言葉に、苑子を傷つけた事実に、ずっと目を背けてきた。だけどもう、逃げるのは終わりにする。

言えなくてごめんね。私もハルが好きだった。今も。あのころより、もっと強く。

「生きているのは、私だから。決めたの、私がハルのそばにいる」

初雪。白く清らかな、儚い結晶は。泉に吸い込まれて消えていく。

「苑子が好きだよ。一緒にいられて幸せだった」

ずっと、ずーっと、よろしくね。

苑子の丸っこい字。ずっと、ずーっと、一緒にいたかった。

だけど、もう、縛られない。最低な私だけど、好きなひとを守りたい。

ハルを。守りたい。

「私が。ハルのそばにいる」

立ちすくむ私のからだは冷たく凍っているのに。頬を伝う涙だけが熱い。

溶かしていく。私を。

「ばいばい、苑子」

私は静かに泣いた。

親友には、もう二度と会えない。

どれぐらい、そうしていただろう。泉をあとにして歩きはじめた私の、髪にも、肩にも、うっすらと雪が積もっていた。

――果歩ちゃん。

木々の中の小路に足を踏み入れたとき。ふいに、懐かしい、やわらかな声が耳の奥で響いて。はっと振り返った。

小さな、青白い光が、ひと粒。水面近くをふわふわと漂っている。

「苑子？」

私がつぶやくと、まるで「そうだ」と言わんばかりに青白い光はゆっくりと明滅し、それが合図であったかのように、水面から無数の光の粒が、一斉にふわりと飛び上がる。

ほたるが。

降りしきる雪の中を、ほたるが舞っている。

心臓が早鐘を打ち始める。私は、転げるように駆けて泉の際に戻った。

足が、小刻みに震えている。

「苑子。苑子……！」

親友の名を呼んだ。私を呼んだ懐かしい声に、応えるように。

泉からあふれ出した光たちが、すぐに滲んでぼやけていく。せっかく泣き止んだのに、また涙が込み上げてしまったから。

目を閉じて、きゅっと、手で涙を拭う。それは、ほんの一瞬のことだったのに。

ふたたび目を開けたときにはもう、光は消えていた。

ほんの小さな光の粒でさえも、見つけられない。

音もなく。光の残像も、わずかな空気の揺れすらもなく。

ただ、雪だけが。降っていた。

二十七歳

燻るように降り続いていた雨が止んだ。軽くなった雲は流されて消え、みるみるうちに晴れ渡っていく。セメントの割れ目から伸びた草がまとった水の粒が、強い光を跳ね返してビーズのようにきらめいている。

墓と墓を縫うようにしかれた、セメントで雑に塗り固められただけの、細く曲がりくねった小道を上っていく。からだに無理をかけないように、ゆっくりと歩を進めた。雨に濡れていた二宮家の墓石も、初夏の強い日差しを浴びて、あっという間に乾いてしまいそうな勢いだ。

花立てに、あじさいの切り花を生ける。青の鮮やかなものを選んだ。苑子の好きだった青。私たちがともに過ごした団地にも、たくさんのあじさいがあった。今も咲いているのだろうか。

線香をあげて、手を合わせる。六月の末、梅雨明けもまだだというのに、気の早い蟬《せみ》がもう鳴き始めている。

立ち上がって墓石の向こうを見やれば、遠く、みずいろの海が光っていた。

丘の斜面を切り開くように作られたこの墓地にも、ときおり、風に乗って潮の香りが運ばれてくる。額に汗が浮かんで、バッグからハンカチを取り出して押さえた。

「大丈夫?　気分悪い?」

「平気。ただ暑いだけ。もう、このまま梅雨も明けるのかな?」

差し出されたペットボトルの水を飲む。

「ありがとう。美味しい」

「まだ時間あるし、浜にでも行ってみる？」

うなずくと、ハルは、私の手を取った。古い墓地は綺麗に区画されているわけではなく、墓の間の小道も入り組んでいて、坂も急だし舗装《ほそう》もひび割れているしで、うっかりつまずかないように気をつけなくてはいけなかった。

「そこ段差あるから。気をつけて」

「大丈夫だってば、ちゃんと注意してるから。前から言おうと思ってたけど、ハルはナーバスになりすぎてるよ」

「心配して何が悪いんだよ？　果歩はすぐ大丈夫大丈夫って言うけど、どんなに小さいことでも無理しないでちゃんと言ってほしい」

「ほんとに大丈夫だから。最近体調もいいし、何を食べても味が変だったのが、今は嘘みたいに爽快なんだから」

墓と墓の間の雑草が伸びていて、風が吹いてさやさや音を立てている。

坂を下りきったところの、路肩《ろかた》に車を止めていた。助手席に乗り込んでシートベルトを締める。と、またしてもハルが、「苦しくない？」と聞いてきたから、私は呆れてしまった。

「それ、何度目よ？」

「だって」

ハルはエンジンをかけてエアコンを入れた。

「それよりさ。海水浴場の近くの定食屋がうまいって言ってたよな、おばさん」

「うん。せっかくだし、食べていこうか」

今日は苑子の命日だ。ちょうど、私とハルの休日が重なった。苑子のお母さんに連絡すると、在宅だということで、お邪魔して仏壇に線香もあげさせてもらった。古いけれど手入れの行き届いた和風家屋で、縁側《えんがわ》から、小雨を浴びる庭の緑が見えた。

「ずっと覚えていてくれることが嬉しいのよ」

そう、苑子のお母さんは言った。痛みはずっと消えないけれど。苑子のことを思ってくれるひとがいることが支えだ、と。

「千尋さんのこと。ずっと大変だったのね、聞いたときは本当に驚いた。もう何年になるかしら？」

「来年、七回忌です」

ハルが大学四年のときに、千尋さんは亡くなった。最初の入院から五年が経っていた。化学療法と二度の手術を経て、いったんは仕事にも復帰していたのだけれど。定期検査で新たな転移が見つかって、それからは坂道を転がるように、あっという間だった。

当時まだ看護学校に通っていた私が、いつか千尋さんと一緒に仕事がしたいと言ったら、「私、職場の若い子に、陰で鬼って言われてるんだけど。果歩ちゃん大丈夫？覚悟してよ、手加減しないからね？」と、笑っていたのに。

手を伸ばせば届きそうな夢だったのに、叶《かな》わなかった。

「……早いものね、時の流れるのは。歳をとるほどにそう感じる。どうしてなのかしらね」

苑子のお母さんは寂しげにほほ笑んで、

「私も早く向こうに行きたい。苑子もいるし、苑子の弟もいるし、千尋さんもいるでしょう？　楽しいでしょうね」

そう言って、麦茶を飲んだ。

それから。私たちの近況——ハルは大学院を出て県内にある検査薬メーカーに勤めていて、私は看護師として総合病院に勤務していること——など、聞かれるままに話して、穏やかに時は過ぎ、また来ますと告げておいとました。

玄関先で、別れ際に。

「赤ちゃん、生まれたら。またいらっしゃいね。苑子も、きっとすごく喜ぶから」

いきなり、言われた。反射的に、はい、と返事をしたものの、私もハルも、すごく驚いてしまっていた。

どうしてわかったのだろう。

安定期に入ったばかりで、まだおなかはわずかに膨らんでいる程度で、服を着れば完璧に隠れてしまうのに。

「もし苑子が生きていたら……」

苑子のお母さんは、言いかかけて、きゅっと口を引き結んだ。そして、そっと手を伸ばし、私のおなかに触れた。

車は走る。

無意識に、おなかに手をやって撫でていた。ハンドルを握るハルが、そんな私を見て、

「やっぱり苦しい？」

と聞いてきたから、私は少し笑って、首を横に振った。

浜辺はひどく蒸し暑かった。雨上がりの、ひとのいない海水浴場。優しい波音と、濃い潮の香り。粒子の細かい、湿った砂を踏んで歩く。

ハルと私は、高二の冬から、ずっと一緒にいる。卒業して、それぞれの道に進んでも、時間を見つけては会って、この先もふたりで生きていくことを、当然のように、

お互いに心に決めていた。

千尋さんの病がふたたび牙《きば》を剝いたとき、病床《びょうしょう》にある千尋さんの前で、結婚しますと報告した。学校を出て職を得て、自分の足で立てるようになったら、籍を入れます、と。

あのときの、千尋さんの笑顔を忘れない。

苑子にも、ふたりで報告した。お墓の前で。そして……、あの、思い出の泉のほとりで。

青い空のもと、水平線の間際で、光の粒が躍っている。延々と打ち寄せては引く波を見ていたら、永遠、という、ありもしないものに思いを馳《は》せずにいられない。

ふと足もとに目をやると、何か小さいものがきらりと光った。かがみ込んで拾う。

水色の、シー・グラス。

「どうした？　果歩」

「たくさん落ちてるね、ここ」

いつか苑子が言っていた通りだ。

波にもまれた、優しい青のかけらが、貝殻や流木と一緒に打ち上げられている。歩きながら拾っていく。緑のもの、透明なもの、茶色のガラスもある。

私は、青だけを、拾って。あつめる。

海からの風に、髪がなびいた。立ち止まった私は目を細めて、空と海の果てを見つめた。

ハルがそっと私の肩を抱いた。

今、となりにいる、愛しいひとも。私も。いつか、あの果ての向こう側へ行く。

それでも。

「果歩、何考えてるの？」

「何も。綺麗だなって、それだけ」

「俺は、名前考えてた」

少し照れたように、ハルは笑った。

とくん、と。小さな鼓動が、私の中で、響いた。

了

# あとがき

はじめまして。夜野せせりと申します。『君が残した青をあつめて』を読んでくださって、ありがとうございます。

このお話は、団地に住む幼馴染三人の、苦く切ない青春物語ですが、私はもともと「団地」が好きでして、この話を書くにあたって、資料と称して団地の写真集を購入してしまいました。眺めて癒されています。実際に団地に住んでいたこともありますが、やはり外から眺めて思いをはせるほうがいいですね（あぶない発言？）。

団地の何が魅力かというと、やはり想像力をかきたてられるところでしょうか。同じ形の棟がいくつもあり、その中には同じ間取りの部屋がいくつもあり、たくさんの人たちが、それぞれ別の人生を生きていると思うと、胸熱です。

というわけで、団地が舞台の話を書きたいと、ずっと思っていたのでした。こんなに苦い話になるとは、書いてみるまで思いもしませんでしたが。

主人公たちの抱えるつらい気持ちに共鳴して、執筆中は私もつらい思いになることがしばしばで、筆を進めるのがしんどかったのですが、どうにか登場人物たちをラストシーンまで連れて行くことができました。

ひっそりと「小説家になろう」というサイトにアップしていたこの作品に、書籍化の話をいただいたときは、本当に寝耳に水というか、びっくりしました。この物語に込めた思いを汲みとっていただいて、ありがたく思っています。

読んでくださった方にも、少しでも伝わっていますように。

最後になりましたが、担当編集の田村様はじめ、編集部の皆様。素敵なイラストを描いてくださった長乃様、この物語にかかわってくださったすべての方。そして、WEB版を読んでくださった方、この本を手に取ってくださった方。

すべての方に、お礼を申し上げます。

ありがとうございました。

また、どこかでお会いできることを祈っています。

夜野せせり

この物語はフィクションです。実在の人物、団体等とは一切関係がありません。

夜野せせり先生へのファンレターのあて先
〒104-0031　東京都中央区京橋1-3-1　八重洲口大栄ビル7F
スターツ出版（株）書籍編集部 気付
夜野せせり先生

# 君が残した青をあつめて

2019年10月28日　初版第1刷発行

著　者　　夜野せせり　©Seseri Yoruno 2019

発 行 人　　菊地修一
デザイン　　カバー　築地亜希乃（bookwall）
　　　　　　フォーマット　西村弘美
発 行 所　　スターツ出版株式会社
　　　　　　〒104-0031
　　　　　　東京都中央区京橋1-3-1　八重洲口大栄ビル7F
　　　　　　出版マーケティンググループ　TEL 03-6202-0386
　　　　　　（ご注文等に関するお問い合わせ）
　　　　　　URL　https://starts-pub.jp/
印 刷 所　　大日本印刷株式会社

Printed in Japan


定価はカバーに記載されています。
ISBN　978-4-8137-0776-9　C0193

# スターツ出版文庫　好評発売中!!

## 『ログイン0』　いぬじゅん・著

先生に恋する女子高生の芽衣。なにげなく市民限定アプリを見た翌日、親友の沙希が行方不明に。それ以降、ログインするたび、身の回りに次々と事件が起こり、知らず知らずのうちに非情な運命に巻き込まれていく。しかしその背景には、見知らぬ男性から突然赤い手紙を受け取ったことで人生が一変した女子中学生・香織の、ある悲しい出来事があって──。別の人生を送っているはずのふたりを繋ぐのは、いったい誰なのか──⁉　いぬじゅん最大の問題作が登場！

ISBN978-4-8137-0760-8 ／ 定価：本体650円＋税

## 『僕が恋した図書館の幽霊』　聖《ひじり》いつき・著

『大学の図書館には優しい女の子の幽霊が住んでいる』。そんな噂のある図書館で、大学二年の創《はじめ》は黒髪の少女・美琴に一目ぼれをする。彼女が鉛筆を落としたのをきっかけにふたりは知り合い、静かな図書館で筆談をしながら距離を縮めていく。しかし美琴と創のやりとりの場所は図書館のみ。美琴への募る想いを伝えると、「私には、あなたのその気持ちに応える資格が無い」そう書き残し彼女は理由も告げず去ってしまう…。もどかしい恋の行方は…⁉

ISBN978-4-8137-0759-2 ／ 定価：本体590円＋税

## 『あの日、君と誓った約束は』　麻沢《あさざわ》 奏《かな》・著

高１の結子の趣味は、絵を描くこと。しかし幼い頃、大切な絵を破かれたことから、親にも友達にも心を閉ざすようになってしまった。そんな時、高校入学と同時に、絵を破った張本人・将真と再会する。彼に拒否反応を示し、気持ちが乱されてどうしようもないのに、何故か無下にはできない結子。そんな中、徐々に絵を破かれた"あの日"に隠された真実が明らかになっていく──。将真の本当の想いとは一体……。優しさに満ち溢れたラストはじんわり心あたたまる。麻沢奏書き下ろし最新作！

ISBN978-4-8137-0757-8 ／ 定価：本体560円＋税

## 『神様の居酒屋お伊勢〜〆はアオサの味噌汁で〜』　梨木《なしき》れいあ・著

爽やかな風が吹く５月、「居酒屋お伊勢」にやってきたのは風の神・シナのおっちゃん。伊勢神宮の「風日祈祭《かざひのみさい》」の主役なのにお腹がぷよぷよらしい。松之助を振り向かせたい莉子は、おっちゃんとごま吉を引き連れてダイエット部を結成することに…！　その甲斐あってお花見のあとも春夏秋とゆっくり仲を深めていくふたりだが、突如ある転機が訪れる──なんと莉子が実家へ帰ることになって…⁉　大人気シリーズ、笑って泣ける最終巻！ごま吉視点の番外編も収録。

ISBN978-4-8137-0758-5 ／ 定価：本体540円＋税

# スターツ出版文庫　好評発売中!!

## 『満月の夜に君を見つける』　冬野《ふゆの》夜空《よぞら》・著

家族を失い、人と関わらず生きる高１の僕は、モノクロの絵ばかりを描く日々。そこへ不思議な雰囲気を纏った美少女・水無瀬月《ゆえ》が現れる。絵を前に静かに微笑む姿に、僕は次第に惹かれていく。しかし彼女の視界からはすべての色が失われ、さらに“幸せになればなるほど死に近づく”という運命を背負っていた。「君を失いたくない—」彼女の世界を再び輝かせるため、僕はある行動に出ることに…。満月の夜の切なすぎるラストに、心打たれる感動作！

ISBN978-4-8137-0742-4 ／ 定価：本体600円＋税

## 『明日死ぬ僕と100年後の君』　夏木《なつき》エル・著

やりたいことがない“無気力女子高生”いくる。ある日、課題をやらなかった罰として1カ月ボランティア部に入部することに。そこで部長・有馬と出会う。『聖人』と呼ばれ、精一杯人に尽くす彼とは対立ばかりのいくるだったが、ある日、有馬の秘密を知り…。「僕は、人の命を食べて生きている」——１日１日を必死に生きる有馬と、１日も早く死にたいいくる。正反対のふたりが最後に見つける“生きる意味”とは…？魂の叫びに心揺さぶられる感動作!!

ISBN978-4-8137-0740-0 ／ 定価：本体590円＋税

## 『週末カフェで猫とハーブティーを』　編乃《あみの》肌《はだ》・著

彼氏に浮気され、上司にいびられ、心も体もヘトヘトのOL・早苗。ある日の仕事帰り、不思議な猫に連れられた先には、立派な洋館に緑生い茂る庭、そしてイケメン店長・要がいる週末限定のカフェがあった！一人ひとりに合わせたハーブティーと、聞き上手な要との時間に心も体も癒される早苗。でも、要には意外過ぎる裏の顔があって…⁉「早苗さんは、特別なお客様です」——日々に疲れたOLと、ゆるふわ店長のときめく（？）週末の、はじまりはじまり。

ISBN978-4-8137-0741-7 ／ 定価：本体570円＋税

## 『こころ食堂のおもいで御飯〜仲直りの変わり親子丼〜』　栗栖《くりす》ひよ子《こ》・著

“あなたが心から食べたいものはなんですか？”——味オンチと彼氏に振られ、内定先の倒産と不幸続きの大学生・結。彼女がたどり着いたのは「おまかせで」と注文すると、望み通りのメニューを提供してくれる『こころ食堂』。店主の一心が作る懐かしい味に心を解かれ、結は食欲を取り戻す。不器用で優しい店主と、お節介な商店街メンバーに囲まれて、結はここで働きたいと思うようになり…。

ISBN978-4-8137-0739-4 ／ 定価：本体610円＋税

# スターツ出版文庫　好評発売中!!

## 『ラストは絶対、想定外。～スターツ出版文庫 7つのアンソロジー②～』

その結末にあなたは耐えられるか…⁉「どんでん返し」をテーマに人気作家7名が書き下ろし！スターツ出版文庫発のアンソロジー、第二弾。寂しげなクラスの女子に恋する主人公。彼だけが知らない秘密とは…（『もう一度、転入生』いぬじゅん・著）、愛情の薄い家庭で育った女子が、ある日突然たまごを産んで大パニック！（『たまご』櫻井千姫・著）ほか、手に汗握る7編を収録。恋愛、青春、ミステリー。今年一番の衝撃短編、ここに集結！

ISBN978-4-8137-0723-3 ／ 定価：本体590円＋税

## 『ひだまりに花の咲く』　沖田《おきた》 円《えん》・著

高2の奏《かなで》は小学生の頃観た舞台に憧れつつ、人前が極端に苦手。ある日誘われた演劇部の部室で、3年に1度だけ上演される脚本を何気なく音読すると、脚本担当の一維《かずい》に「主役は奏」と突然抜擢される。“やりたいかどうか。それが全て”まっすぐ奏を見つめ励ます一維を前に、奏は舞台に立つことを決意。さらに脚本の完成に苦しむ一維のため、彼女はある行動に出て…。そして本番、幕が上がる――。仲間たちと辿り着いた感動のラストは心に確かな希望を灯してくれる‼

ISBN978-4-8137-0722-6 ／ 定価：本体570円＋税

## 『京都花街　神様の御朱印帳』　浅海《あさみ》ユウ・著

父の再婚で家に居場所をなくし、大学進学を機に京都へやってきた文香。ある日、神社で1冊の御朱印帳を拾った文香は、神だと名乗る男につきまとわれ…。「私の気持ちを届けてほしい」それは、神様の想いを綴った“手紙”だという。古事記マニアの飛鳥井先輩とともに届けに行く文香だったが、クセの強い神様相手は一筋縄ではいかなくて⁉　人が手紙に気持ちを託すように、神様にも伝えたい想いがある。口下手な神様に代わって、大切な想い、届けます！

ISBN978-4-8137-0721-9 ／ 定価：本体550円＋税

## 『星降り温泉郷　あやかし旅館の新米仲居はじめました。』　遠藤《えんどう》 遼《りょう》・著

幼い頃から“あやかし”を見る能力を持つ大学4年生の静姫《しずき》は卒業間近になるも就職先が決まらない。絶望のなか教授の薦めで、求人中の「いざなぎ旅館」を訪れるが、なんとそこは“あやかし”や“神さま”が宿泊するワケアリ旅館だった！　驚きのあまり、旅館の大事な皿を割って、静姫は一千万円の借金を背負うことに⁉　半ば強制的に仲居として就職した静姫は、半妖の教育係・葉室《はむろ》先輩と次々と怪異に巻き込まれてゆき…。個性豊かな面々が織りなす、笑って泣けるあやかし譚！

ISBN978-4-8137-0720-2 ／ 定価：本体610円＋税

書店店頭にご希望の本がない場合は、書店にてご注文いただけます。